Christiane Retzdorff

Trug und Wahrhaftigkeit

Eine Liebesgeschichte

© 2015 Alle Rechte liegen bei der Autorin
Herstellung und Verlag: BoD - Books on Demand, Norderstedt
ISBN 978-3-7392-8019-6

Ich danke Dieter Schilling
für seine freundliche Unterstützung

Trug und Wahrhaftigkeit

Nicht das Wort Schönheit bewegte den Betrachter bei dem Anblick von Lisa-Marie, jedoch umschmeichelte ihr natürlicher Liebreiz wie ein frühlingshafter Duft die Sinne. So verstummten selbst die redseligsten Schüler, als der Lehrer die neue Schülerin vorstellte. Er tat dies mit uninteressierter Sachlichkeit. Das junge Mädchen stand gleich einer Schauspielerin auf der Bühne, die, von Scheinwerfern geblendet, das Auditorium nur schemenhaft wahrnahm und gab sich den Blicken der Klassenkameraden preis.

Lisa-Marie war schon oft in dieser Lage gewesen und hatte aufgegeben, in den lauernden Gesichtern nach solchen zu fischen, die ihr mit unvoreingenommenem Wohlwollen begegneten. Sie war es gewohnt, dass Neugierde und Misstrauen der Fremden gegenüber stärker waren als blinde Zuneigung. Gelassen nahm sie den angewiesenen Platz neben einer Schülerin ein, deren unsicheres Lächeln die einzige Begrüßung war.

Stattdessen schwebten Sätze in ihr Ohr „Ne Lisa haben wir doch schon", „'Ne Marie doch auch", „Nennen wir sie einfach Lima" und Kichern und Flüstern. Auch trafen ihren Körper abschätzende Blicke, die von wenig schmeichelhaften

Bemerkungen über ihre Kleidung, Anzüglichkeiten und Mutmaßungen über Lisa-Maries Herkunft begleitet wurden.

Der Lehrer erfuhr offensichtlich wenig Respekt von seinen Schülern, sodass der neuen Klassenkameradin, die kurz vor dem Abitur vom anderen Ende Deutschlands gekommen war, mehr Aufmerksamkeit zuteilwurde als der Weimarer Republik. Erst mit dem Klingelzeichen kehrte Ruhe in die Schar ein. Nun, da die Gelegenheit bestand, mit der Neuen zu sprechen, erfasste kurz eine Starre den Raum, um dann die Schüler beinahe hastig auf den Pausenhof zu treiben. Nur Lisa-Maries Platznachbarin wand sich an der Tür noch einmal um und öffnete kurz den Mund, aus dem doch kein ermunterndes Wort entspringen wollte, um gleich wie die anderen davonzueilen.

Zurückgeblieben in dem Klassenraum musste Lisa-Marie lächeln, auch wenn die gewohnte Ablehnung sie erschöpfte. Wieder würde sie Tage, wenn nicht Wochen brauchen, um Freunde zu finden. Wieder würde sie viel von ihrem Leben preisgeben müssen, um Vertrauen zu wecken. Wieder würde sie in dieser so unsicheren Lebensphase zwischen Kind und Erwachsenem von Gleichaltrigen als Gegnerin empfunden werden.

Lisa-Marie ging an das Fenster im ersten Stock des Schulgebäudes, von wo aus sie eine Aussicht über den ganzen Pausenhof hatte. Die jüngeren

Schüler glichen mit Bewegungsfreude und Lautstärke in buntem Gewimmel die Ordnung von Formeln und Lehren aus. Doch dabei übten sie sich auch in der Entwicklung von Stärke und Unterwerfung, suchten in ihrem Wesen spielerisch nach den Grundzügen, die in ihrem weiteren Leben bestimmen sollten, ob sie Herrscher oder Diener werden würden. Doch jene, die im Abseits standen, waren bereits zu Außenseitern gestempelt, suchten Halt aneinander, nicht ohne den sehnsüchtigen Blick auf die Schüler aufzugeben, die in ihrer elitären Gemeinschaft unantastbar schienen. So strolchte der Schatten der Ausgrenzung durch die lärmende Schar.

Ihr Herz zog sich bei diesem Anblick zusammen, denn Lisa-Marie kannte nur zu genau das gerade in der Jugend so schmerzhafte Gefühl des Nichtdazugehörens. Bei jedem Schulwechsel hatte sie sich geschlossenen Gruppen gegenübergesehen, die in allem Neuen einen Gegner für ihre eigene Stellung in der Hierarchie sahen, die Angst davor hatten, den mühsam erkämpften Platz zu verlieren und daher ein Vordringen mit jedem Mittel zu verhindern suchten. Nur wenige von ihnen besaßen das Selbstbewusstsein und das Mitgefühl dem Unbekannten die Hand zu reichen.

Lisa-Marie richtete ihre Aufmerksamkeit auf den Bereich im Hof, der wie von einer unsichtbaren Mauer getrennt, den oberen Klassen vorbehalten war und auf dem auch ihre Mitschüler in kleinen

Gruppen flanierten, wobei in den meisten Fällen beide Geschlechter getrennt die Zeit der Entspannung verbrachten. Doch auch über die Entfernung konnte Lisa-Marie die neckischen Bewegungen und verschämten Blicke erkennen, mit denen die Jungen und Mädchen ihre erwachenden Begierden probierten und dabei hin und wieder neidvoll auf jene Paare sahen, deren Umarmungen Ahnungen von Erfüllung priesen.

Doch vier ihrer Klassenkameradinnen hatten offensichtlich heute mit zusammengesteckten Köpfen unter gelegentlichem lauten Lachen ein wichtiges Thema zu besprechen, und als sie gemeinsam hinauf zu dem Fenster im ersten Stock blickten, wusste Lisa-Marie auch, dass sie der Gegenstand der Gespräche war. Plötzlich sahen alle hinauf zu der Beobachterin, der offensichtlich der Mut gefehlt hatte, sich ihren Mitschülern zu stellen.

Aber Lisa-Marie war nicht feige, sondern hatte gelernt abzuwarten. Früher hatte sie sich sehr bemüht in jeder neuen Klasse Anerkennung zu gewinnen, und aufgrund ihres freundlichen Wesens war ihr das schnell gelungen. Doch mit ihrem Heranreifen von einem Kind zur Frau standen ihr die anderen Schülerinnen immer öfter abweisend gegenüber. Sie erkannten sie nicht mehr als verlässliche Freundin, sondern als Gefahr für die gewünschte Aufmerksamkeit der jungen Männer. So hatte Lisa-Marie sich angewöhnt, unmoderne Kleidung zu tragen, die ihre Figur verbarg. Das war ihr beinahe verzweifelter Versuch, als Mensch geachtet und nicht ob ihrer Weiblichkeit als Konkurrentin empfunden zu werden.

Es war Sommer und die meisten Schülerinnen gewandeten sich in eng anliegende Oberteile mit großzügigen Ausschnitten, die die Form ihrer Brüste hervorhoben. Einige waren so kurz gewählt, dass sie den Bauchnabel freigaben, oft geschmückt mit einem Piercing. Schultern und Arme verzierten eingebrannte Zeichen. Auch gestattete die Wärme kurze Röcke und Hosen, unter denen die gebräunten Beine haarlos in Sandalen mit hohen Hacken mündeten. Lisa-Marie dagegen trug ein weites, luftiges blaues Sommerkleid, das bis zu ihren zarten Knöcheln reichte. Bequeme flache Schuhe rundeten das Bild einer hinter dem Zeitgeist zurückgebliebenen jungen Frau ab.

Lisa-Marie konnte nicht ahnen, dass gerade ihre unscheinbare, die Reize verbergende Kleidung die Fantasie der jungen Männer anregte. Gleichzeitig schürte diese das Misstrauen der anderen Mädchen, weil sie Lisa-Marie nicht als ihres gleichen erkannten und meinten, geheimnisvolle Absichten zu wittern. Die Einheitlichkeit im Erscheinungsbild gewährte Schutz, hinter dem die Teenager ihre Unsicherheit und ihr wahres Wesen verbergen konnten.

Unbemerkt war Hendrik von Auental in die geöffnete Tür des Klassenzimmers getreten und betrachtete versonnen die junge Frau am Fenster. Als Lehrer für Deutsch und Sport an der Schule war ihm bekannt, wer sich hinter dieser Erscheinung verbarg. Doch etwas anderes verwirrte seine Sinne. Er sah vor seinem geistigen Auge diese weibliche Gestalt in ihrem blauen Kleid und mit dem züchtig zu einem Zopf geflochtenen, langen, blonden Haar an einem anderen Fenster stehen, hinter dem sich ein prächtiger Park mit alten Eichen auftat. Dieser Ausblick war ihm genauso vertraut wie das gediegen eingerichtete Zimmer, in dem sich die träumerische Szene abspielte. Die Erinnerung zog sein Herz von einem Schmerz zusammen, der lange im Verborgenen seiner Seele gefangen war. In wütendem Kampf dagegen wand er sich ab und setzte seinen Weg über den Gang fort.

***

Das Ende des ersten Schultages in der neuen Stadt entließ Lisa-Marie nach Hause in die Mietwohnung im ersten Stock einer ehemaligen Villa. Die Eigentümer, ein älteres Ehepaar, hatten, nachdem ihre Kinder eigene Wege gegangen waren, das Obergeschoss zu einer eigenständigen Wohnung ausgebaut, damit während ihrer langen Aufenthalte im Süden das Anwesen genutzt und bewacht wurde.

Lisa-Marie betrat die verwaisten Räume und stellte zufrieden fest, dass die Haushaltshilfe ihre Arbeiten ordentlich verrichtet hatte. Jedoch konnte sie sich auch diesmal nicht des Gefühls der Einsamkeit erwehren, welches sie immer wieder beschlich, wenn sie in die unbelebte Stille ihres Zuhauses auf Zeit trat. Wie schön müsste es sein, von einer liebenden Mutter oder umhertollenden Geschwistern empfangen zu werden.

Lisa-Maries Mutter hatte Vater und Tochter verlassen, als das Kind gerade in die Schule gekommen war. Sie hatte sich, da sie meinte, ihre Pflichten in ausreichendem Maße erfüllt zu haben, auf eine Reise begeben, um ihr eigenes Wesen zu entdecken. Der Vater tröstete Lisa-Marie damit, dass es sich nur um eine kurze Abwesenheit handeln würde, doch die Mutter war bis heute nicht zurückgekehrt. Das kleine Mädchen konnte nicht verstehen, was ihre immer fröhliche, singende, tanzende Mutter in die Ferne getrieben hatte. Oft suchte es die Schuld bei sich, doch der Vater beruhigte Lisa-Marie stets damit, dass die Mutter auf der Suche nach ihrem Glück sei und es wohl noch nicht gefunden habe.

Es fügte sich zur Zufriedenheit aller, dass Lisa-Marie stets die Zuwendung freundlicher und ehrlich bemühter Kinderfrauen zuteilwurde. Doch der Vater, der seinen Kummer über die Abwesenheit seiner geliebten Frau unter großer Mühe verbarg, suchte nun mit ganzer Kraft seine Selbstbestätigung in der Arbeit. Sein Streben wurde zwar von der Geschäftsleitung erkannt und großzügig honoriert, hielt den Vater jedoch immer öfter von Lisa-Marie fern. So lernte das Kind schon in jungen Jahren, für sich selbst zu sorgen und den Haushalt zu führen. Dabei stellte sie ihre eigenen Ansprüche zurück in dem Wunsch, dem verantwortungsvollen Vater nicht zur Last zu fallen. Sie blieb die einzige Frau an seiner Seite.

Als Dank dafür verbrachte Lisa-Maries Vater beinahe die ganzen Schulferien mit ihr. Zusammen besuchten sie die großen Städte Europas mit ihren Museen, Gemäldeausstellungen und Opernhäusern. Er weckte ihr Interesse für Geschichte, Kunst und Musik. Auch fand sich Lisa-Marie leicht in neuen Sprachen zurecht und beobachtete fleißig die fremden Sitten und Gebräuche.

Dann wurde der Vater berufen, in ganz Deutschland ein Netz von Filialen für seine Firma aufzubauen, was jeweils etwa ein Jahr dauerte und so mit einem Wechsel des Wohnortes verbunden war. Lisa-Marie besuchte bereits das Gymnasium und war nicht mehr auf Betreuung angewiesen. Lediglich vormittags entlastete eine Haushaltshilfe das Mädchen von den alltäglichen Aufgaben.

Vater und Tochter setzten sich zusammen, um zu besprechen, welche Herausforderungen für Lisa-Marie mit dem neuen, unsteten Leben verbunden sein würden, wobei natürlich ein besonderes Augenmerk auf ihre schulische Entwicklung gelegt wurde. Dem Vater erschien es am vernünftigsten, wenn seine Tochter fortan ein gutes Internat besuchte, um so den ständigen

Umschulungen zu entgehen. Welchen Verlust es für ihn bedeutete, nun auch den zweiten geliebten Menschen von ihm getrennt zu wissen, behielt er für sich. Er war bereit jedes Opfer für Lisa-Maries Zukunft zu bringen, auch wenn er um eine schleichende Entfremdung fürchtete.

Lisa-Marie war durchaus bewusst, dass der Vater nur ihr Bestes wollte und dass das bevorstehende Zigeunerleben nicht nur ihrem Wesen widersprach, sondern sie auch vertrauter Personen und der Stabilität im alltäglichen Leben beraubte. Ständige Veränderungen ängstigten sie in ihrer Jugend. Auch glaubte sie, mit dem Besuch eines Internats die Last der Verantwortung von ihrem Vater zu nehmen, denn es war ihrer einfühlsamen Natur nicht entgangen, wie schwer ihn sein Gewissen drückte, da ihm oft die Zeit für die Sorgen und Kümmernisse seiner Tochter fehlte. Aber die Vorstellung, den Vater nicht jeden Abend in die Arme zu schließen, nicht morgens seinen Kaffee zu bereiten und nicht bei dem fernen Klang der Nachrichten im Fernsehen in einen zufriedenen Schlummer zu sinken, überdeckte jede Vernunft.

So fasste sich Lisa-Marie ein Herz und erklärte ihrem Vater mit Bestimmtheit, dass sie bei ihm bleiben wolle, egal welche Bürden damit verbunden sein würden. Nie zuvor hatte sie mit so einer Entschlusskraft gesprochen und das erleichterte Strahlen in den Augen ihres Vaters bewies ihr, dass sie die richtige Entscheidung getroffen hatte.

All das ging Lisa-Marie durch den Kopf, als sie sorgfältig das Abendessen bereitete, von dem sie nicht wusste, wann ihr Vater seines einnehmen würde. Das Kochen hatte sie schon früh von einer ihrer Kinderfrauen gelernt, die sich besonders gut darauf verstand, mit Gewürzen aus den einfachsten Zutaten ein köstliches Mahl zu bereiten.

Der Vater kam erstaunlich früh nach Hause und fragte Lisa-Marie nach ihrem ersten Tag in der neuen Schule. Sie unterhielt ihn mit allgemein gehaltenem, munterem Geschwätz, wohl wissend, dass dem Vater die Sorgen bewusst waren, die in der Zusammenarbeit mit neuen Menschen ruhten. Er selbst hatte damit zu kämpfen, doch beide beließen es dabei, sich gegenseitig zu bestätigen, dass sie sich ja in einer Lage befanden, die sie schon oft gemeistert hatten. Beide waren geübt im Verlassen von Orten und Freunden, doch der Geschmack von Neubeginn und Freiheit wurde schal angesichts der Heimatlosigkeit. Nur ihr Verstand webte ein linderndes Tuch der Notwendigkeit.

***

Der nächste Schultag begann mit einer Deutschstunde bei Hendrik von Auental. Als er das Klassenzimmer betrat, verstummten sofort alle Mädchen. Lisa-Marie erschauerte bei seinem Anblick und eine Wärme durchflutete ihren Körper, wie sie es noch nie empfunden hatte.

Dort stand ein junger Mann, dessen dunkelblonde Locken beinahe bis zu seinen Schultern reichten und dessen Lachen so ungezwungen fröhlich war, als wäre Lernen die reinste Freude. Sein schlanker, muskulöser Körper war sportlich lässig gekleidet und seine schmalen Hände, die er gerade aus den Hosentaschen zog, hätten die eines Pianisten sein können. Die Augen aller Mädchen klebten an jeder seiner eleganten Bewegungen, während die Jungen betont gleichgültig taten.

Der Deutschlehrer sprach Lisa-Marie direkt an, die daraufhin errötete, was ihre Verlegenheit noch steigerte. Sie musste sich zwingen, nicht die Augen zu senken. In vornehmer Manier mit einem leicht überheblichen Lächeln auf den Lippen fragte er sie nach ihrem Namen.
„Sie heißt Lisa-Marie", mischte sich Cora wichtig ein, die Lisa-Marie schon vom Vortag kannte und die ihr herzlich unsympathisch war.
„Ich danke Ihnen, Cora, für ihre Unterstützung, aber ich denke doch wohl, dass die junge Frau in der Lage ist, auf diese einfache Bitte selbst zu reagieren."
Lisa-Marie atmete tief durch und sagte dann mit fester Stimme:
„Mein Name ist Lisa-Marie Weber. Den ihren konnte ich ja bereits dem Kursus Plan entnehmen."
„Oh, wir achten auf Etikette. Welch ein unverzeihlicher Fehler von mir, mich nicht als Erster vorzustellen."

Die Ironie in der Stimme des Lehrers war deutlich zu hören.
„Dann wissen Sie ja auch sicher, dass wir uns bereits seit zwei Wochen mit den Naturalisten beschäftigen."
„Selbstverständlich", antwortete Lisa-Marie ernst, auch wenn es in ihrem Innersten zitterte. Warum behandelte dieser wundervolle Mann sie so herablassend?
Hendrik von Auental ließ nicht locker.
„Haben sie etwas dazu zu sagen? Nur damit ich mir ein Bild machen kann, ob ich vielleicht wieder ganz von vorne anfangen muss."
Die Klasse lachte schallend, doch Lisa-Marie konnte das nicht beeindrucken, denn gerade bei dem Thema Naturalisten kannte sie sich gut aus. Sie wartete kurz, bis wieder Ruhe eingekehrt war, und hielt dann einen kurzen Vortrag über Grundlagen, Werke und Schriftsteller dieser Literaturrichtung.

Obwohl ihre Ausführungen keinen Grund zur Beanstandung gaben, erntete Lisa-Marie von ihren Mitschülern verstimmte Blicke und Hendrik von Auental setzte seinen Unterricht ohne irgendein Zeichen von Anerkennung fort. Nur einen Jungen namens Markus Schröder hatte sie dermaßen beeindruckt, dass er sofort nach der Stunde versuchte Lisa-Maries Zugänglichkeit mit schmeichelnden Worten zu wecken. Doch sie war unfähig dieser freundlichen Geste angemessen zu begegnen. Ihre Sinne schwirrten um den jungen Lehrer.

Hendrik von Auental mochte die Dreißig noch nicht erreicht haben und erinnerte Lisa-Marie eher an die sorglosen Männer aus wohlhabenden Familien, die sie an verschiedenen Stränden mit Surfbrettern unter dem Arm, heiter mit braungebrannten Badenixen im Bikini hatte flirten sehen, als an einen gestrengen Lehrer. Auch seine Bewegungen zeigten eine Leichtigkeit in ihrer Eleganz, die jemand selten durch Übung erlangen konnte. In seinen Augen jedoch hatten sich, sobald er Lisa-Marie anschaute, Frohsinn, Traurigkeit und zwanghafte Zurückhaltung einen steten Kampf geliefert.

Lisa-Maries Beobachtungsgabe war es auch nicht entgangen, dass etliche weibliche Teilnehmer des Kursus versuchten auf verschiedene Art die Aufmerksamkeit ihres Lehrers zu erringen, allen voran diese Cora, die im Einsatz weiblicher Reize nicht unerfahren schien. Es war jedoch schwer für Lisa-Marie zu beurteilen, ob Hendrik von Auental diese Zeichen genoss, sie widerwillig oder überhaupt nicht zur Kenntnis nahm. Dabei musste sie sich eingestehen, dass nun auch sie zum ersten Mal in anderen Frauen Gegnerinnen sah, und dieses Gefühl verwirrte sie.

Noch nie hatte Lisa-Marie über einen fremden Mann so tiefschürfend nachgedacht. Doch nun befahl sie sich ihrem Begleiter zum Pausenhof, Markus Schröder, in seinen wohl gemeinten Versuchen, ein Gespräch mit ihr zu beginnen, entgegenzukommen. Er zeigte sich als gebildeter und nachdenklicher junger Mann, was ihrem eigenen Wesen nahe kam. Auch versuchte er nicht, sie mit Anzüglichkeiten oder plumpen Schmeicheleien für sich einzunehmen, sondern sprach kultiviert und von dem ehrlichen Anliegen, ihrem Geist näher zu kommen, beflügelt. Lisa-Marie war dankbar, nicht mehr allein unter den Schülern herumstehen zu müssen.

Die letzte Stunde war dem Sportunterricht gewidmet, und Lisa-Marie hatte sich für den Gymnastik-Kursus entschieden, da sie in Ballettstunden die Geschmeidigkeit und Grazie ihres Körpers lange geschult hatte. Dafür war es aber von Nöten, dass sie eng anliegende Kleidung trug, um sich ungehindert bewegen zu können. Da diesen Kursus ausschließlich weibliche Schüler belegt hatten, sah sie sich nicht den begehrlichen Blicken der männlichen Kameraden ausgesetzt. Auch entdeckte sie auf der Teilnehmerliste keinen Namen jenen Mädchen, die sie mit so viel Argwohn beobachteten.

Schon in der Umkleidekabine stellte sich Pia vor, eine spargeldünne Gestalt, der die Natur beinahe jegliche Rundung versagt hatte. Doch aus ihrem hübschen Gesicht strahlten Wärme und Offenheit. Und so war es neidlose Bewunderung, die Pia zu Bemerkungen über Lisa-Maries wohlproportionierten Körper veranlasste. Diese Worte dämpften die Unsicherheit der jungen Frau, gaben ihr das Gefühl selbstbewusst auftreten zu können, auch wenn sie wusste, dass gerade solche Vorzüge in ihren

Geschlechtsgenossinnen Ablehnung wecken konnte.

Als die kleine Gruppe die Sporthalle betrat, stellte Lisa-Marie fest, dass in dem hinteren Teil ein anderer Kursus das Volleyballspiel übte. Auch dort entdeckte sie ausschließlich Mädchen, doch ein Schaudern erfasste sie, als sie in dem Lehrer Hendrik von Auental erkannte. Zum Glück drehte er ihrer Gruppe den Rücken zu, sodass Lisa-Marie rasch zwischen den anderen Teilnehmerinnen untertauchen konnte.

„Die sind alle in ihn verliebt", flüsterte Pia ihr zu, da sie bemerkte hatte, wohin Lisa-Maries Blicke schweiften.

Lisa-Marie ging nicht darauf ein, auch wenn eine unerfindliche Unruhe in ihrem Innersten flatterte, sondern begann in Vorbereitung auf den Sport ihren Körper zu dehnen.

Die Sportlehrerin war klein, drahtig und, obwohl ihre stolz in Grau getragenen Haare auf einen baldigen Ruhestand schließen ließen, von ansteckender Bewegungsfreude. Zu moderner Musik ermunterte sie die Mädchen, sich zu beugen und zu strecken, in Reih und Glied tänzerische Schritte zu vollführen und dabei den Takt zur Musik zu finden. Da Lisa-Marie die Bewegungsabläufe noch nicht kannte, tat sie sich anfangs schwer, dem Tempo zu folgen, bis sich die Klänge mit den Anweisungen der Lehrerin wie von selbst in ihrem Geist zusammenfügten und ihr Körper voller Anmut in den Übungen aufging.

Selbst ihre Hüften schwangen auf ungewohnte Weise. Erstmals nahm sie ihren Körper nicht nur als Hülle ihrer Seele und Werkzeug ihrer Bewegungen wahr, sondern auch als Ausdrucksmittel für ein neuartiges Empfinden ihrer Weiblichkeit, das bisher unerkannt in ihr geschlummert hatte. Dabei vergaß sie vollkommen die Welt um sich herum und blieb doch ein Teil der tanzenden Gymnastikgruppe.

Hendrik von Auental hatte sich vor langer Zeit verboten, die Reize weiblicher Wesen in sein Bewusstsein dringen zu lassen, daher hatte auch die Gymnastikgruppe nie seine Aufmerksamkeit erregt. Doch dieses Mal, einem unbestimmten Drang folgend, wand er den Blick von seinen Ball spielenden Schülerinnen und sah hinüber. Sofort traf sein Auge auf Lisa-Marie und die Art, wie sie selbstvergessen und doch konzentriert der Musik Ausdruck verlieh, berührte ihn zutiefst. Eine brennende Flut durchströmte seine Adern, die an den Damm seiner Hoffnungslosigkeit prallte und ihn leise aufstöhnen ließ.

In dieser Nacht raubten schlimme Bilder der Vergangenheit Hendrik von Auental den Schlaf. In düsteren Gassen langten magere, verwahrloste Kreaturen nach ihm und flüsterten: „Du bist schuld." Darüber kreisten die triumphierenden Gesichter seines Vaters und seines Bruders. Er sah die schwere Eingangstür seines Elternhauses zufallen. Dann riefen ihn zahllose, lockende Frauengestalten zum Stelldichein, prahlten mit ihren Reizen, bis sie plötzlich auseinander stoben. Musik spielte auf, und es erschien eine weitere Frau ganz allein am Horizont. Hendrik von Auental erwachte nass vom Schweiß.

Lisa-Marie war zwar eine fleißige und aufmerksame Schülerin, aber ihre Befangenheit, die sich immer einstellte, wenn Hendrik von Auental erschien, störte ihre Beteiligung am Deutschunterricht. Auch der Lehrer hegte scheinbar nicht den Wunsch, sie zu irgendeinem Thema zu befragen. Das wertete die Mitschülerin Cora als gegenseitige Abneigung und belästigte Lisa-Marie nicht weiter mit ihrer Eifersucht, sondern behandelte sie einfach wie Luft.

***

Cora wollte nicht länger auf ein Zeichen der Zuneigung durch den Lehrer warten, sondern suchte dringend einen passenden Ort und Zeitpunkt, wo sie Hendrik von Auental die Gelegenheit geben konnte, sich ihr auf unzweifelhafte Weise zu nähern, denn dass er ihr nicht widerstehen konnte, dessen war sich Cora gewiss. Hätte sie ihn erst einmal in ihren Fängen, dann wäre er gezwungen, sich öffentlich zu ihr zu bekennen. Das bedeutete für Hendrik von Auental zwar das Ausscheiden aus dem Schuldienst, aber für Cora ein Leben an seiner Seite in gehobenen Kreisen und besten wirtschaftlichen Verhältnissen.

Sie hatte sich ausreichend Kenntnisse über die Familie von Auental verschafft, denn für eine kleine Gefälligkeit waren etliche Männer bereit, die Möglichkeiten, ihr behilflich zu sein, auszuschöpfen. Es handelte sich um ein altes Adelsgeschlecht, das in der Nähe von Hamburg ein großzügiges Anwesen bewohnte. Dieses würde zwar der ältere Bruder von Hendrik von Auental erben, doch als Ausgleich konnte Letzterer mit einer stattlichen Abfindung rechnen. Noch wichtiger war Cora jedoch, dass die von Auentals eine hoch angesehene, gesellschaftliche Stellung genossen. Das würde ihr Türen öffnen, die der Tochter eines Gastwirtes auf St. Pauli normalerweise verschlossen blieben.

Ihre Kindheit hatte Cora in diesem Vergnügungsviertel unter Geächteten, Liebesdamen und Kleinkriminellen verbracht. Dort genossen ihre Eltern eine gewisse Anerkennung, deren Ursprung sie nie hinterfragt hatte, die ihr aber eine ungezwungene Kindheit bescherte. Doch langsam aber beharrlich erfuhr der Stadtteil eine Wandlung, die die in dieser Gemeinschaft gewachsenen, außergewöhnlichen Regeln unterwanderte und die Macht des Stärkeren zum einzig gültigen Gesetz erhob. Gleichzeitig entdeckten die übermütigen Backfische aus den noblen Bezirken der Stadt diesen Ort für ihr nächtliches Amüsement, was monströse Tanzpaläste wachsen ließ, wo einst in kleinen, schummerigen Bars eine besondere Kreativität Platz hatte.

Cora war gewitzt und begriff schnell, dass die Voraussetzung für ein glückliches Leben Geld und Ansehen waren. Um beides zu erlangen, wusste sie aus ihren Erfahrungen, dass Männer sehr leicht den Reizen der Frauen erlagen und dann hilflos wie Fliegen im Spinnennetz zappelten. Dazu brauchte sie lediglich ihr anziehendes Äußeres einzusetzen. Allerdings hegte sie damals wenig Hoffnung, den Mann, der ihre Wünsche erfüllen konnte, auf St. Pauli zu finden. So überredete sie ihre Eltern, ein Haus in einer Gegend der Stadt zu kaufen, wo sich viele Menschen mit Vermögen und gesellschaftlicher Stellung niedergelassen hatten.

Ihre Eltern verfügten seit je her über erhebliche Rücklagen, und da sie nie in der Lage waren, ihrem geliebten Engel etwas abzuschlagen, stimmten sie nicht nur einem Umzug zu, sondern statteten Cora auch mit allem aus, was sie brauchte, um sich der neuen Umgebung anzupassen. Mit einem großzügigen Taschengeld und anbiedernder Freundlichkeit gelang es Cora dann auch schnell, Freundschaften zu schließen.

Wie die Mutter es bewerkstelligte, dass das Verlangen ihrer Tochter, das Gymnasium zu besuchen, erfüllt wurde, blieb deren Geheimnis, doch bemerkte Cora manchmal sonderbare Seitenblicke ihres Schuldirektors, die sie spöttisch erwiderte. Da sie wusste, wie ihre Mutter Geld auf St. Pauli verdiente, ahnte sie bald, dass auch dieser Mann solche Dienste in

Anspruch genommen hatte. Dieses Wissen konnte Cora eines Tages nützlich sein.

Trotz allem litt Cora in dieser Umgebung ehrbaren Wohlstands unter ihrer Herkunft, die sie zwar geschickt verschleierte, die aber stets von Enthüllung bedroht war. Eine unsichtbare Grenze trennte sie von jenen, die nie in die Abgründe geschaut hatten, die Coras Begleiter der Jugend gewesen waren. So plante sie ihr Wissen um die Macht der Weiblichkeit einsetzen, um sich einen Platz in jener erlauchten Gesellschaft, deren Mitglieder sich für auserkoren hielten und niemals Schwächen eingestanden, zu erkämpfen. War Cora erstmal Teil dieser Scheinwelt, schützte sie deren Verlogenheit.

Nun wollte sie also ihren Plan umsetzen und Hendrik von Auental mit ihren Waffen einnehmen. Dazu hatte sie das bevorstehende Sommerfest der Schule gewählt, wohl wissend, dass ihr Opfer hin und wieder hinter der Turnhalle verschwand, um dort ungesehen eine Zigarette zu rauchen. Ein Laster, dem auch Cora heimlich frönte.

***

In Pia und Markus hatte Lisa-Marie zwei verlässliche Freunde gefunden, mit denen sie oft ihre Freizeit verbrachte. Doch keinem von beiden offenbarte sie, dass ihre Gedanken unentwegt um Hendrik von Auental kreisten. So sehr sie sich auch bemühte, ihre Gefühle dem Verstand unterzuordnen und ihre Sehnsucht in den Bereich unerfüllbarer Träume zu verbannen, verursachte doch jede Begegnung mit dem Lehrer, ja sogar sein bloßer Anblick aus der Ferne, eine ständig wachsende Verwirrung in der jungen Frau. Sie spürte eine geheimnisvolle, innige Verbindung. Mal meinte sie, in seinen seltenen Blicken flehende Zuneigung zu erkennen und mal stachen sie sie mit grimmiger Ablehnung. Was verbarg sich hinter seiner würdevollen Wohlerzogenheit? Wohin verschwand die manchmal ausbrechende, knabenhafte Heiterkeit? Was ließ Hendrik von Auental gelegentlich und von den meisten unbemerkt in eine tiefe Melancholie fallen?

Pia hatte Lisa-Marie ermutigt, ihren Körper nicht mehr zu verstecken, sondern auf bescheidene Art durch Kleidung hervorzuheben. Die beiden Frauen gingen begeistert einkaufen und hatten viel Spaß miteinander. Doch eines Tages offenbarte Pia ihrer Freundin, dass sie sich unwiderstehlich zu Hendrik von Auental hingezogen fühlte. Lisa-Marie erstarrte und rang um ihre Beherrschung. Sie achtete Pia sehr und war ihr herzlich zugetan, und niemals würde sie sich gestatten, dem Glück der Freundin im Wege zu stehen. Doch natürlich wollte sie wissen, ob der Lehrer Pia irgendeinen Grund zur Hoffnung gegeben hatte.

Pia berichtete von zwanglosen Unterhaltungen mit Hendrik von Auental auf dem Schulhof, dass er ihre Leistungen gelobt und gemeint habe, sie würde eine sehr elegante Figur bei der Gymnastik abgeben. Bei der Erinnerung kicherte sie verlegen. Pia träumte sogar davon, auf dem Sommerfest mit dem Lehrer zu tanzen.

Auch wenn Lisa-Marie nicht wagte, sich ihre Gefühle für Hendrik von Auental einzugestehen, so wusste sie doch, dass diese nun mit Pias Geständnis unter dem moralischen Schutz der Freundschaft standen. Sich auch nur vorzustellen, zwischen ihr und Hendrik von Auental könnte mehr geschehen, als es zwischen Schülerin und Lehrer als schicklich galt, würde einem Verrat an der Freundin gleichkommen. Lisa-Maries Herz zog sich in der Qual des eigenen Verzichts zusammen, während Pia unermüdlich die Vorzüge ihrer Angebeteten pries.

***

Die beiden Mädchen gingen gemeinsam zu dem Sommerfest in der Schule. Die unteren Klassen hatten die Räume bunt geschmückt, es gab eine Bar mit alkoholfreien Getränken und in der Aula, die ihrer Sitzreihen beraubt als Tanzsaal diente, legte ein Schüler die gewünschte Musik auf. Cora und ihre Freundinnen hatten sich auffallend herausgeputzt, und Pias fließendes Kleid unterstützte ihre elfenhafte Erscheinung. Nur Lisa-Marie trug das einfache Kleid des ersten Schultages, ohne jedoch zu ahnen, welche Strahlkraft es ihren blauen Augen verlieh. Dabei fiel ihr langes, blondes Haar offen über ihre Schultern, und die zierlichen Füße steckten in neuen Sandaletten.

Hendrik von Auental war mit einer Gruppe von jungen Männern in ein Gespräch vertieft, das bei den Beteiligten zu Heiterkeit und ulkigen Gesten führte. Selten hatte Lisa-Marie den Lehrer so entspannt gesehen. Auch zeigte der Anblick deutlich wie beliebt und anerkannt dieser auch bei den männlichen Schülern war. Es war bekannt, dass Hendrik von Auental wegen seiner bisweilen gnadenlosen Ehrlichkeit und seinem ausgeprägten Gerechtigkeitssinn besonders Jungen auf der Suche nach Werten und Zielen für sich einnahm.

Aus einiger Entfernung beobachtete Cora das Geschehen um den Mann ihrer Begierde, was weder Lisa-Marie noch ihrer Freundin Pia entging. Angesichts des lauernden Blickes von Cora zweifelte Pia nun beinahe ängstlich, ob sie es jemals wagen durfte, Hendrik von Auental auch nur einen Schritt näher zu kommen. Sie erkannte in der Mitschülerin eine gnadenlose Gegnerin um die Gunst des Lehrers. Mutlos zog sie Lisa-Marie mit sich Richtung Aula, wo schon die ersten Klänge zum Tanze ermunterten.

Betroffen von Pias gedrückter Stimmung ermunterte Lisa-Marie ihren Freund Markus Weber die Freundin auf die Tanzfläche zu bitten. Dabei hatte sie zwar den Eindruck, ihm wenig gelegen zu kommen, doch erfüllte er höflich den Wunsch. Lisa-Marie versuchte derweil zwischen den anderen Schülern unsichtbar zu bleiben. Doch natürlich zog Hendrik von Auental unwillkürlich ihre Aufmerksamkeit auf sich, als er eine seiner Kolleginnen zum Tanz führte. Wie harmonisch, ungezwungen und elegant er sich zur Musik bewegte. Dabei warf er manch fröhliches Wort zu seiner Partnerin und beide lachten herzlich. Es war nicht zu erkennen, ob er bemerkte, dass in seiner Nähe Cora ganz für sich alleine tanzte und ihn immer wieder wie zufällig mit einer Mischung aus Zärtlichkeit und Forderung berührte.

Lisa-Marie wurde es schwer ums Herz. Wie gerne würde sie jetzt anstelle der jungen Lehrerin mit Hendrik von Auental tanzen, ihre Bewegungen mit seinen verbinden, das Leuchten in seinen Augen und den lachenden Mund direkt vor sich sehen. Doch dann schalt sie sich selbstsüchtig, denn auch Pias Blick huschte hin und wieder sehnsüchtig zu dem tanzenden Paar.

Im Laufe des Abends musste Lisa-Marie einsehen, dass es durchaus junge Männer gab, die, aufgeputscht von heimlich mitgebrachten, alkoholischen Getränken, wagten, sie zum Tanzen aufzufordern. Ihr Anstand verbot ihr, sich zu verweigern, auch wenn sie deren Gesellschaft wenig abgewinnen konnte. Ihre Erziehung hatte den Respekt vor allen Menschen als höchstes Ziel verfolgt. So abgelenkt entging ihr, dass Hendrik von Auental die Aula verließ.

***

Es war eine laue, sternenklare Sommernacht und Hendrik von Auental steuerte den Platz hinter der

Sporthalle an, wo er häufiger, unbehelligt eine Zigarette rauchte. Gedankenversunken lehnte er sich gegen die Wand, ließ die ferne Musik seine Ohren umschmeicheln und schaute in die geisterhafte Schwärze einer Hecke. Wie so oft erschien ihm das Bild von Lisa-Marie und erfüllte ihn mit Ruhe und Wärme. Sein Widerstand gegen dieses Gefühl zerfiel langsam zu Staub, doch sobald er ihr gegenüberstand, scheuchte er sich selbst hinter eine Fassade der Ablehnung.

Cora hielt nun den richtigen Augenblick für ihren Plan für gekommen und kam mit einem leisen Ausruf des Erstaunens um die Ecke der Sporthalle. Mit gespielter Verlegenheit erklärte sie, dass dies auch der Ort sei, den sie heimlich aufsuchte, um dem Laster des Rauchens zu frönen. Dann zückte sie zum Beweis eine Schachtel Zigaretten.

Hendrik von Auental hatte immer großes Verständnis für die kleinen Sünden, die gerade die jungen Menschen so reizten, und blickte milde auf Cora. Mit argloser Freude meinte er nun, ein Geheimnis mit seiner Schülerin zu teilen und sonnte sich in ihrem vermeintlichen Vertrauen. Auch die verführerische Art wie sie sich ihm in Kleidung und Schminke darbot, münzte er nicht auf seine Person, sondern hielt es lediglich für eine Maskerade der jungen Frau, um die männlichen Schüler auf dem Sommerfest für sich einzunehmen.

Cora bat ihn um Feuer, und Hendrik von Auental entzündete wohlerzogen sein Feuerzeug. Als er seine Hand zu ihrem Gesicht führte, legte sie behutsam ihre darauf, so als wolle sie die Flamme vor Wind schützen. Dabei blickte sie ihm tief in die Augen. Hendrik von Auental glaubte noch immer an das Spiel einer heranwachsenden Frau und lächelte Cora gütig an. Doch dann zog er energisch seine Hand unter Coras hervor.

An die Wand der Turnhalle gelehnt plauderten beide über das Sommerfest und den gelungenen Abend, wobei Cora dem Lehrer immer näher rückte, bis sich ihre Körper berührten. Nun ergriff Hendrik von Auental ein befremdliches Gefühl. Abrupt wand er sich ihr zu und bat sie, den gebührenden Abstand zu wahren, schließlich verpflichtete beide ihr Stand als Lehrer und Schülerin zu einem angemessenen Umgang miteinander.

Doch gerade durch diese Feststellung fand Cora sich darin bestätigt, dass Hendrik von Auental sich ihr nur aus Pflichtgefühl verweigerte. Mit einem sinnlichen Lächeln auf den vollen, roten Lippen versicherte sie ihm, dass er sich nicht zu sorgen bräuchte. Ihre Zuneigung sei von ehrlichen Gefühlen getragen, und auch er dürfte sich nun nicht mehr dagegen wehren. Dann legte sie ihre Arme um seinen Hals und schmiegte sich wohlig an ihn.

Hendrik von Auental erstarrte. Wie konnte es sein, dass sich das Schicksal in gleicher Gestalt wiederholte? Waren es nicht dieselben Worte, dieselben Blicke und sogar dieselben Gesten gewesen? Hatte nicht damit sein Unglück begonnen, dass er dieser Versuchung durch einen jungen, anziehenden Körper nachgegeben hatte, wenn auch sein Herz für die Frau verschlossen blieb? Sein jugendlicher Leichtsinn hatte damals zu einer Katastrophe geführt, die ihn mit einer Schuld belastete, an der er noch heute trug. Nie mehr würde er den gleichen Fehler begehen.

Brüsk packte er Cora an den Oberarmen und drückte sie von sich. Ihre Augen spiegelten Verständnislosigkeit bis Flammen eines zornigen Willens aus ihnen schlugen. Leidenschaftliche Liebesschwüre stürmten von ihren Lippen, und sie versuchte sich in Hendrik von Auentals Oberkörper zu schlingen. Geschickt entwand er sich. Als sie sich wie im Wahn wieder auf ihn stürzen wollte, verlor der Lehrer die Beherrschung und gab Cora eine schallende Ohrfeige.

Cora starrte ihn stumm und wütend an. Ihre Augen verengten sich zu Schlitzen. Die deutliche Ablehnung des Mannes wandelte ihr anfängliches Erschrecken in Zorn. Unfähig ein Wort hervorzubringen, drehte Hendrik von Auental sich um und verschwand.

Es war nicht enttäuschte Liebe, die Cora zur Raserei brachte, sondern die erfahrene Demütigung und die Erkenntnis, dass sie ihr Ziel, die Frau von Hendrik von Auental zu werden, nie erreichen würde. Nur noch der Gedanke an Rache konnte ihr bewegtes Gemüt beruhigen. Sie wusste, dass die Ohrfeige Spuren auf ihrer Wange hinterlassen hatte. Auch ließen sich blaue Flecken auf ihren Oberarmen vermuten. Mit einem diabolischen Lachen riss sie ihre Bluse über der Brust auseinander und warf sich in zerstörerischer Wut mit dem Rücken gegen die Wand. Dabei wurde ein unentdeckter Beobachter Zeuge und schlich sich voller Entsetzen leise davon.

***

Dass sich eine bedrohliche Unruhe am Rand des Sommerfestes verbreitete, entging Lisa-Maries feinem Gespür für Veränderungen nicht. Sie konnte aus der Ferne sehen, wie sich, halbherzig um Diskretion bemüht, einige Lehrkräfte zusammenrotteten, in deren Mitte schemenhaft der Direktor zu erkennen war, der Cora im Arm hielt. Lisa-Marie bezähmte ihre Neugier, doch das Geschehen weckte immer mehr die Aufmerksamkeit der anderen Schüler, sodass sich der kleine Tross aus Autoritäten eilig zurückzog.

Wilde Gerüchte um brutale Belästigung einer unschuldigen Schülerin machten bald flüsternd in der Aula die Runde, und schließlich fiel auch der Name Hendrik von Auental. Fassungslos irrte Lisa-Marie durch das immer heftiger werdende Stimmengewirr auf der Suche nach Pia. Doch sie konnte sie nicht finden. Lisa-Marie fühlte sich wie in einem unheilvollen Strudel gefangen zwischen all diesen Menschen, die glücklich über ein skandalöses Gerücht ihren finsteren Gedanken und üblen Worten freien Lauf ließen. Fluchtartig trat sie den Heimweg an.

Dabei hatte sie Zeit, sich ein wenig zu fangen und begrüßte den Vater mit gespieltem Frohsinn. Sie berichtete kurz von vergnüglichem Tanz und bat dann gähnend, sich auf ihr Zimmer zurückziehen zu dürfen. Dort sank sie, ohne sich zu entkleiden, auf ihr Bett und versuchte Ordnung in ihre aufgewühlten Gedanken zu bringen. Fraglos war irgendetwas passiert, das den Direktor und einige Lehrer auf den Plan gerufen hatte. Irgendwie schien Cora der Mittelpunkt des Geschehens zu sein, und das beunruhigte Lisa-Marie besonders.

Diese war ihr zuerst als sehr hübsches Mädchen aufgefallen, die ihre weiblichen Reize auf die verschiedenste Art zu unterstreichen wusste. Auch spielte sich Cora gern in den Mittelpunkt und führte das Wort. Dabei musste sich jeder vor ihrer spitzen Zunge fürchten, denn Cora war Meisterin darin, menschliche Schwächen aufzudecken. Oft zog sie beinahe schamlos über andere her, gab sie der Lächerlichkeit preis und scheute sich auch nicht davor, üble Gerüchte zu streuen und zu nähren.

Andererseits meinte Lisa-Marie in der Klassenkameradin auch eine unsichere Seele zu erkennen, die mit allen Mittel versuchte, Aufmerksamkeit und Anerkennung zu erlangen. Das fiel Cora bei den männlichen Schülern nicht schwer, schien ihr aber wenig Befriedigung zu verschaffen. Ihrer Beliebtheit bei den anderen Mädchen, die ihr zumeist im äußeren Erscheinungsbild weit nachstanden, fehlte die Wahrhaftigkeit. Diese angeblichen Freundschaften, deren tönerne Füße sich alle Beteiligten bewusst waren, wirkten eher wie ein Verbund zwischen Herrscherin und Gefolge. Coras Geschick und Schläue, angefeuert von ihrer Angst vor gnadenloser Ausgrenzung, hielten die Gruppe zusammen.

Lisa-Marie hatte von Anfang an kein Vertrauen zu Cora fassen können, und das lag weniger an deren unverhohlener Missachtung als an einem Gefühl unterschwelliger Gefahr, wie sie von einem gefangenen und scheinbar gezähmten, wilden Tier ausgeht. Ähnlich der Einschätzung solch einer Kreatur spalteten Mitleid und Furcht Lisa-Maries Brust. War Cora tatsächlich unverschuldet in eine missliche Lage geraten, konnte sie sich Lisa-Maries Mitgefühl und Hilfe sicher sein. Aber wie sollte sie den unberechenbaren Geist von Cora durchschauen, die Wahrheit hinter dem Schein erkennen?

***

Schlimme Nachrichten verbreiteten sich wie ein Lauffeuer, und so wusste jeder in der Schule am folgenden Morgen, dass Hendrik von Auental mit Gewalt Zärtlichkeiten von Cora hatte erzwingen wollen. Die erste Stunde begann verspätet, weil die Lehrer sich zu einer Konferenz zusammenfanden. So blieb den Schülern genug

Zeit, diese Ungeheuerlichkeit genüsslich auszuwalzen. Cora spielte dabei ihre Rolle als unschuldiges Opfer mit solcher Hingabe, dass selbst die größten Zweifler von ihr eingesponnen wurden. Auch Lisa-Marie erkannte, dass auf Cora wahres Leid lastete, doch bemerkte sie ebenso die Unsicherheit einer Schwindlerin, deren Lügen Herr über sie geworden waren.

Lisa-Marie stand etwas abseits am Fenster, als der Lehrer den Beginn des Unterrichts verkündete. Dabei sah sie Hendrik von Auental mit gesengtem Kopf aber stolzer Haltung das Schulgelände verlassen.

***

Gleich bei seiner Ankunft hatte der Direktor Hendrik von Auental abgefangen und in sein Büro gebeten. Dabei erstaunte ihn, dass der angeklagte Lehrer einen so unbefangenen Eindruck machte. Selbst durch die Peinlichkeit aus der Ruhe gebracht, berichtete der Direktor ohne Umschweife, was Hendrik von Auental zur Last gelegt wurde. Ein zufälliges Treffen hinter der Turnhalle sollte er ausgenutzt haben, um seiner Schülerin auf unschickliche Art näher zu treten, und als sie sich weigerte, sollte er ihr mit Gewalt einen Kuss abgerungen und ihre Brüste berührt haben. Die Verletzungen, die das Mädchen davon getragen hatte, ließen keine Zweifel zu. So ein Handeln war auch bei einer volljährigen Schülerin eines Lehrers mehr als unwürdig und würde zu einem sofortigen

Ausschluss von der Lehrtätigkeit führen. Allerdings sei Cora so gütig gewesen, auf eine Anzeige bei den Behörden zu verzichten, um die Schule nicht in ein schlechtes Licht zu rücken.

Hendrik von Auental nahm diese Anschuldigungen zuerst mit fassungslosem Erstaunen und dann mit geradezu gleichmütiger Fügsamkeit zur Kenntnis. Zwar kannte er keinen Grund, warum Cora solche Lügen über ihn verbreitete, doch meinte er, nun würde ihn die Strafe für eine alte Schuld ereilen, die er auf sich geladen hatte, als er noch jung und ohne Skrupel die Zuneigung junger Mädchen ausgenutzte hatte, ohne je darüber nachzudenken, welche Verletzungen er ihren Seelen zufügte.

Dem Direktor war die Angelegenheit peinlich, und er wünschte innig, Hendrik von Auental würde sich auf irgendeine Weise verteidigen. Im Grunde traute er dem Lehrer so eine Tat nicht zu. Auch wusste er genau, welche Methoden Cora einzusetzen bereit war, um ihren Willen durchzusetzen. Nur waren ihm die Hände gebunden, die Aussagen der Schülerin selbst zu hinterfragen, da sie in der Lage war, auch das Leben des Direktors zu zerstören.

Einst hatte Coras Mutter die Schwäche des verheirateten Mannes ausgenutzt und er war deren Reizen erlegen. Für ihr Schweigen hatte sie die Aufnahme ihrer Tochter auf das Gymnasium verlangt. Wenn der Direktor auch nicht sicher war, ob die Schülerin von diesem Handel wusste, fürchtete er die Folgen einer Offenbarung zu sehr. Also reichten sich die beiden Männer stumm die Hände, wohl wissend, dass der Schein oft die Wahrheit überdeckte.

***

Voller Abscheu musste Lisa-Marie erkennen, mit welcher Freude die Menschen mit Worten über einen Übeltäter herfielen und ihn richteten. Plötzlich war der geachtete und beliebte Lehrer Hendrik von Auental nur noch ein brutaler Lüstling, der seine niederen Instinkte hinter einer blendenden Fassade verbarg. Kein Zweifel an der Freveltat trübte die aus vermeintlich moralischer Einigkeit gewachsene Gemeinschaft. Selbst Pia ließ sich davon anstecken. Und Cora, als die geschändete Königin, schürte das Feuer der Empörung mit großem Geschick. Lisa-Maries Schweigen zu diesem Budenzauber der Gerechtigkeit blieb im Rausch des Skandals unbemerkt. Der Sturm der Entrüstung verwirbelte jedes eigenständige Denken.

In dem wortreichen Gedränge fiel Lisa-Marie auf, dass Markus Weber sich bei jeder Gelegenheit in Coras unmittelbarer Nähe aufhielt, sie immer wieder tröstend in den Arm nahm und seine Rolle als hilfsbereiter Mann an der Seite des Opfers sichtlich genoss. Das war umso erstaunlicher, als Cora bisher seine Gesellschaft als unerträglich abgelehnt hatte. Seinen unbeholfenen Versuchen, ihre Beachtung zu gewinnen, war Cora stets mit beißendem Hohn begegnet. Was nur hatte ihre Gesinnung so verändert?

Lisa-Marie erinnerte sich plötzlich, dass ihr Freund in der Vergangenheit häufig zu Cora geschaut hatte, immer darauf bedacht, dass es von niemandem bemerkt wurde. Und hatte er dabei nicht einen seltsamen Glanz in den Augen gehabt? Welch ein ungleiches Paar, doch möglich war es. Wie hatte Lisa-Marie nur dieses heimliche Sehnen entgehen können?

Es war für die junge Frau unmöglich zu glauben, Hendrik von Auental hätte etwas Verwerfliches getan oder auch nur gedacht. Seine Frohnatur war verbunden mit einer klaren Ernsthaftigkeit, die ihm die Überzeugungskraft verlieh, die gerade bei jungen Menschen von Nöten war. Auch machte ihn seine Anziehungskraft auf weibliche Wesen über den Verdacht erhaben, er bedürfte der Gewalt, um sich ihnen zu nähern. Hatte nicht Cora immer den Eindruck vermittelt, als würde sie sich ihm jederzeit freiwillig hingeben? Doch wenn alles eine Lüge war, woher kamen dann die Verletzungen der Schülerin und warum verteidigte sich der Lehrer nicht? Ihr Herz bäumte sich auf in dem Wunsch, Hendrik von Auental nahe zu sein, ihn zu verstehen und ihm Halt und Zuversicht zu geben.

***

Während sich ihr Vater vor dem Fernseher entspannte, machte Lisa-Marie einen

Abendspaziergang in den nahen Alsterniederungen. Die Luft war mild und die letzten Sonnenstrahlen huschten durch die Blätter der Birken. Manch Vogel trällerte sein Abendlied. Verlassen wanden sich die Wege durch die Gräser und Farne. Die junge Frau erfasste große Ruhe und Zufriedenheit. Die Sorgen und Nöte des bewegten Tages verloren ihr Gewicht in der anspruchslosen Harmonie der Natur.

Auf einer kleinen Lichtung, in deren Senke die Alster als unscheinbarer Bach floss, sah sie Hendrik von Auental auf einer schäbigen Holzbank sitzen und den Lauf des Wassers beobachten. Trotz ihrer inneren Erregung trat Lisa-Marie, die Zeichen ihres Gemütszustandes verbergend, neben ihn. Als er zu ihr aufblickte, schien er nicht erstaunt, sondern es spiegelte sich in seinen entspannten Gesichtszügen so etwas wie das Begrüßen eines lange erwarteten Besuchs.

Als folgte sie einer stummen Aufforderung, nahm Lisa-Marie in gebührendem Abstand neben Hendrik von Auental auf der Holzbank Platz. Dann wendeten beide schweigend ihre Aufmerksamkeit dem nur leise murmelnden Wasser zu, das ohne Hast hinter einer Biegung verschwand.
„Irgendwann kommt es an in dem großen Ozean", sprach Lisa-Marie selbstvergessen vor sich hin.
Hendrik von Auental schaute sie verständnisinnig an und Röte stieg in ihre Wangen. Sein Blick war

von so liebevoller Zärtlichkeit, dass Lisa-Marie zu zittern begann und beschämt die Augen niederschlug. Ihr Herz pochte wild. Sie war kurz davor aufzuspringen, als Hendrik von Auental seine Hand vorsichtig auf ihre legte. Sogleich durchströmte Lisa-Marie eine warme Welle der Zufriedenheit, doch wagte sie nicht, ihn anzusehen.

„Es ist schon seltsam", begann Hendrik von Auental ruhig zu sprechen, „ dass aus einer kleinen, unscheinbaren Quelle so ein stattlicher Fluss erwächst, der sich dann mit einem noch größeren verbindet, um schließlich ein Teil des Meeres zu werden."

‚So wie aus der zarten Zuneigung zweier Menschen eine große Liebe entstehen kann.', dachte Lisa-Marie und wusste in diesem Augenblick, dass ihr Schicksal unauflöslich mit dem des Mannes neben ihr auf der Bank verbunden war.

Hendrik von Auental führte Lisa-Maries Hand zu seinen Lippen und hauchte einen Kuss auf die Knöchel ihrer Finger. Dann stand er auf und verließ wortlos die Lichtung.

Lisa-Marie war erfüllt von unendlicher Freude. Egal warum er ihr bisher mit so viel Ablehnung begegnet war, hatte er ihr nun bewiesen, dass sie beide etwas verband. Ihre Gesellschaft war ihm nicht unangenehm gewesen. Auch hatte er es geduldet, dass sie die Ruhe des einsamen Platzes mit ihm teilen durfte. Er hatte ihre Hand berührt und sogar geküsst, nicht fordernd sondern auf eine feinfühlige und respektvolle Art. Und vielleicht hatte er mit seinen Betrachtungen über den Fluss sogar das Gleiche gemeint, was ihr dabei in den Sinn gekommen war. Aus einer unscheinbaren Quelle kann ein mächtiger Fluss werden. Lisa-Marie wusste nun, dass sie diesen Mann liebte und dass weder ein böses Gerücht noch eine unlautere Tat dieses Gefühl jemals würden stören können.

Durchdrungen von dieser Erkenntnis machte sie sich im Licht der sinkenden Abendsonne auf den Heimweg und träumte dabei Hendrik von Auental an ihre Seite, wie er zärtlich ihre Hand hielt und sie über ihre Zukunft sprachen, die Kinder, die sie in Liebe großziehen wollten und die gemeinsamen Reisen in ferne Länder.

Doch kaum hatte Lisa-Marie die Straße, in der sie mit ihrem Vater wohnte, erreicht, schalt sie sich eine Närrin. Wie konnte sie sich einbilden, jemals eines Mannes wie Hendrik von Auental würdig zu sein? Mit seiner vornehmen Art und seinem adligen Geblüt waren ihm edle Damen voller Stolz und Anmut vorbestimmt, die es gewohnt waren, in Gesellschaft unterhaltsam zu plaudern und große Häuser zu führen. Niemals würde sie die Ansprüche, die seine Herkunft forderte, erfüllen können. Doch das betrübte Lisa-Marie nicht, denn sein Glück war ihr das Wichtigste, und so wollte sie sich damit bescheiden, Hendrik von Auental in ihrem Herzen zu tragen.

***

Auch Hendrik von Auental war beschwingten Schrittes nach Hause gegangen. Dort angekommen entströmte seinem heiteren Gemüt ein fröhliches Lied aus seiner Kindheit und er spürte Freude und Leichtigkeit in sich. Konnte es sein, dass allein die Anwesenheit von Lisa-Marie seine Laune so vergnüglich gestimmt hatte? Doch schon zogen die düsteren Wolken der Vergangenheit auf und drängten Hendrik von Auental zurück hinter die selbst errichteten Mauern aus Schuld und Verzicht.

Von Kindesbeinen an war Hendrik von Auental dazu erzogen worden, sich seinem Stande entsprechend zu benehmen, stets Haltung zu bewahren, keine Gefühle zu zeigen und streng zu sich selbst zu sein. Schwäche wurde nicht geduldet. Eigene Wünsche hatten sich den Regeln des Hauses von Auental unterzuordnen. Es galt in jeder Lage die Erhabenheit zu wahren. Sein Vater lebte der Familie diese Grundsätze unbeirrbar vor.

Man konnte es Hendrik von Auentals Glück nennen, dass er der zweitgeborene Sohn war, und nie Zweifel daran aufkamen, dass sein Bruder Edgar die Tradition des Hauses und die Betreuung des Vermögens nach dem Tode des Vaters weiterführen werde. Die als unpassend empfundenen Albernheiten des jungen Hendrik wurden so manches Mal großzügig übersehen, und auch dem Backfisch wurden Freiheiten zugestanden, die sein Bruder sich niemals getraut hätte einzufordern.

Dabei fand Hendrik Unterstützung von seiner Mutter, einer feingeistigen, vornehmen Dame, deren Herzenswärme immer wieder unter dem Mantel der Disziplin hervor lugte und die mit sanfter Hand den Haushalt und gelegentlich auch ihren Mann lenkte. Sie schrieb es der großen Verantwortung für die Familie und den vielen von dem Gedeihen des Gutes abhängigen Menschen zu, dass ihr Mann oft hart und unnachgiebig wirkte. Nur sie kannte seine Zweifel und Ängste und sah ihre Aufgabe darin, diese vor Enttarnung zu schützen. Und sie liebte ihren Mann mit der Innigkeit ihrer ganzen Seele.

Frau von Auental war besonders den schönen Künsten zugeneigt und ergötzte sich an der Pracht der Natur. Sie hatte dafür gesorgt, dass ein blühender Garten angelegt wurde und Seerosen den Teich bedeckten. An dieser lebendigen Herrlichkeit ließ sie ihren Zweitgeborenen teilhaben, während Edgar dieser wenig Beachtung schenkte, sondern sich schon früh für die geschäftlichen Angelegenheiten begeisterte. Seine Welt waren die Zahlen, während Hendrik im Musizieren und kunstvollen Gestalten seine Freude fand.

Mit den Jahren verstärkte sich der Eindruck, dass Herr von Auental sich wenig um seinen Zweitgeborenen, Hendrik, scherte. Zu sehr war er damit beschäftigt, seinen Erben Edgar in dessen zukünftige Aufgaben einzuweisen, wobei er nicht bemerkte, dass der Sohn immer mehr an Einfluss gewann. Diese Zurücksetzung schmerzte Hendrik, und er begann die ersehnte Bestätigung wahllos bei jungen Frauen zu suchen. Sein ansprechendes Äußeres und seine lockere Art verbunden mit dem Vorteil einer hervorragenden Herkunft öffneten ihm dabei viele Türen. Seine Mutter ließ ihn gewähren, weil sie erkannte, dass die mangelnde Zuneigung des Vaters Hendrik schwer belastete. Dabei konnte sie nicht ahnen, dass das ausschweifende Leben ihres geliebten Sohnes ein großes Unheil nach sich ziehen würde.

Luisa, die Tochter des Pastors aus dem benachbarten Dorf war eine naive und grundgütige Seele und seit ihrer Kindheit in Hendrik von Auental verliebt. In Überhöhung der Stellung ihres Vaters hielt sie es für selbstverständlich und ehrenhaft, dass der Spross aus edlem Hause die Tochter eines Geistlichen ehelichen würde. Als Kind suchte sie ständig seine Nähe und Hendrik betrachtete sie wie eine jüngere Schwester, die ihn selbstverständlich als ihren großen Beschützer anhimmelte.

Die Natur stattete Luisa mit üppigen Rundungen aus, dort wo sie von Männern gern gesehen wurden und zog bald entsprechende Aufmerksamkeit auf sich. Ihre stets ablehnende Haltung deuteten die Verehrer als Beweis für die tiefe christliche Gesinnung der Pastorentochter, die sich nicht zu unmoralischen Spielchen herablassen wollte. Tatsächlich allerdings drehte sich Luisas ganzes Sehnen um Hendrik von Auental, was dieser aber nicht bemerkte.

Nach einem fröhlichen Fest im Dorf, bei dem Hendrik von Auental reichlich dem Alkohol zugesprochen hatte, erkannte er in Luisa erstmals die Frau, die Begierden in ihm weckte. Seine etwas plumpen und halbherzigen Annäherungsversuche bekräftigten Luisa in dem Glauben an die Erfüllung all ihrer Träume. Willig gab sie sich ihm hin. Eine verstohlene Begegnung in einem Heuschober, an die sich Hendrik von Auental später kaum erinnern konnte.

In den folgenden Wochen begegnete er Luisa weiter mit Zuvorkommenheit und Freundschaft, nicht ahnend, dass Luisa in jedem Wort von ihm eine Bestätigung seiner Gefühle für sie sah, während er nur den Gesetzen der Höflichkeit gehorchte. Gerade seine Zurückhaltung war Luisa Beweis, dass er sie achtete und das Verhältnis erst öffentlich machen wollte, wenn der Termin für die Hochzeit feststand. Luisa hatte solange gewartet, dass es ihr leicht fiel, sich weiter zu gedulden, denn sie war sich gewiss, dass der geliebte Mann sie nie angerührt hätte, wenn seine Absichten nicht ehrenhaft gewesen wären.

Es war ein unglücklicher Zufall, dass Luisa zuerst Edgar von Auental, in dem sie einen ehrlichen Vertrauten wähnte, von ihrer Schwangerschaft erzählte. Mit geschickten Worten komplimentierte dieser sie in die Bibliothek, wo sie auf Hendrik warten sollte und berichtete die

Neuigkeit sofort dem Vater. Natürlich war die Verbindung mit einer unbedeutenden Pastorentochter für die Herren von Auental aus gesellschaftlichen Gründen untragbar. Dass die Söhne der höher gestellten Familien sich die Hörner abstießen und mit Dorfschönheiten ihre Erfahrungen sammelten, war in den Kreisen durchaus üblich, doch Folgen sollte so ein Handeln nicht haben. Da er das Pflichtbewusstsein seines Sohnes Hendrik kannte und fürchtete, dieser könnte das arme Ding tatsächlich ehelichen oder den gezeugten Balg anerkennen, sah sich der Vater gezwungen, die Angelegenheit selbst zu regeln.

Mit schmeichelnden Worten begrüßte Herr von Auental Luisa in der Bibliothek und erkannte sofort, wie sehr sich das junge Mädchen in dieser Umgebung fürchtete. Doch das Strahlen in ihren Augen verriet, dass sie dem Spross der Familie ernsthaft und mit ganzem Herzen zugetan war. Nun galt es, sie davon zu überzeugen, dass es für sie das Beste war, die Gegend zu verlassen. Dabei traf es sich günstig, dass Hendrik von Auental für drei Tage auf einer Jagdgesellschaft bei seinem Onkel weilte.

Herr von Auental gab vor, von der Beziehung zwischen den beiden zu wissen und erzählte Luisa, Hendrik sei in der Hauptstadt Berlin, um dort für sie und das Kind eine Wohnung zu suchen, da er ein Studium aufnehmen wolle. Der Vater sei angeblich beauftragt worden, der Schwangeren Geld zu geben, damit sie dem geliebten Mann umgehend folgen könne. Allerdings hätte sein Sohn darum gebeten, dass dieses noch geheim bleiben möge, um Luisas Ruf nicht zu gefährden. Es sei bereits ein Hotelzimmer für sie gebucht, wo Hendrik sie abholen würde, sobald eine, für seine kleine Familie geeignete Wohnung gefunden war. Mit diesen Worten zog Herr von Auental ein Bündel Geldscheine aus der Tasche und brachte Luisa zum Bahnhof, nicht ohne der verstörten jungen Frau vorher einen Brief für ihren Vater diktiert zu haben.

So saß Luisa einsam in einem kargen Hotelzimmer in einer verkommenen Gegend, wo sie sich nicht aus dem Hause traute und geduldig auf Hendrik wartete. Nie kam ihr in den Sinn, dass die Familie von Auental sie hätte verraten haben können, genauso wenig wie sie je an dem edlen Charakter von Hendrik zweifelte. Manchmal schlich sie ängstlich hinaus, um kleine Einkäufe zu erledigen, um sich dann wieder auf ihr Bett zurückzuziehen und von ihrer Zukunft mit Hendrik und ihrem Kind zu träumen.

Im Dorf zerrissen sich die Menschen das Maul darüber, dass ausgerechnet die Tochter des Pastors durchgebrannt war, und man fragte sich, mit wem wohl. Es konnte nur ein Fremder sein, vielleicht einer vom Jahrmarkt, der kurz vor ihrem Verschwinden auf dem Dorfplatz gastiert hatte. Auch Hendrik von Auental verwunderte das Handeln dieses stets anständigen und zuverlässigen Mädchens von 17 Jahren, doch einen Zusammenhang mit seiner Person konnte er nicht herstellen.

Das änderte sich schlagartig, als er zufällig ein Gespräch zwischen seinem Vater und Edgar mit anhörte. Sofort stellte er sie zur Rede. Erschrocken und erbost musste er erkennen, dass die beiden die Familienehre über die Gefühle einer jungen Frau gestellt hatten. Die Vorstellung, Luisa allein in einer großen, fremden Stadt zu wissen, ließ ihn sofort handeln. Egal wie seine Familie dazu stand, würde er seiner Verantwortung gerecht werden. Hendrik von Auental reiste nach Berlin.

Die Tür von Luisas Hotelzimmer war verschlossen und niemand öffnete. Als der herbeigerufene Angestellte sie schließlich aufsperrte, bot sich ihnen ein Bild des Grauens. Luisa lag auf ihrem Bett umgeben von einer Blutlache. Sie hatte das Kind verloren, und ihr Lebenslicht flackerte nur noch leicht. Hendrik eilte zu ihr, nahm sie in den Arm und Luisa schlug mit einem erleichterten Seufzer die Augen auf. Das entrückte Strahlen in ihrem Gesicht berührte sein Herz bis ins Innerste. Daraus sprach ehrliche, wahrhaftige Liebe, die allein in Hendrik von Auentals Erscheinen Erfüllung fand. Er war bei ihr. Mit einem beseelten Lächeln, seinen Namen von den blutleeren Lippen hauchend glitt Luisa sanft ins Jenseits.

Die Umstände ihres Todes hielten alle Beteiligten geheim, sodass Luisa eine ehrenvolle Bestattung in ihrem Dorf zuteilwurde. Die bewegenden Worte des trauernden Vaters erinnerten daran, welch reines, unschuldiges Wesen mit Luisa gestorben war. Sie hatte die Welt mit Liebe im Herzen und ohne Argwohn angenommen. Noch am selben Tag verließ Hendrik von Auental das Gut und seine Familie. Mit Verbitterung wand er sich ab von Vater und Bruder. Nur die Mutter behielt einen Platz in seinem Herzen.

Seit jenem tragischen Vorfall lastete ein dunkler Schatten auf seiner Seele, denn Hendrik von Auental hatte in selbstgefälliger Gleichgültigkeit die Ernsthaftigkeit der Zuwendungen von Luisa übersehen. Um nicht den gleichen Fehler noch einmal zu begehen und sich für seine Achtlosigkeit zu strafen, lebte er in vollkommener Enthaltsamkeit. Er hatte eine Mauer um sein Herz errichtet, die weder ihm noch jemand anderem erlaubte, in sein Innerstes vorzudringen. All das verbarg er hinter der wohlerzogenen, heiteren Fassade eines Junggesellen aus adligen Kreisen. Der Liebe wollte er jede Chance verweigern, denn für ihn war sie untrennbar mit Leid verknüpft.

***

Die Anschuldigungen seiner Schülerin Cora hatten Hendrik von Auental in große Zweifel gestürzt, ob er nicht erneut einem jungen, unerfahrenen Mädchen Hoffnungen gemacht hatte, die er nicht bereit war zu erfüllen. Ihre zerstörerischen Lügen konnten nur aus einer tiefen Enttäuschung erwachsen sein. Der Fluch seiner einstigen, bösen Tat schien ihn eingeholt zu haben, und er wollte fortan noch sorgsamer darauf achten, keine Frau in irgendeiner Form zu ermutigen.

Umso aufgewühlter war Hendrik von Auental über die Erkenntnis, mit welcher Unbefangenheit er die Gegenwart von Lisa-Marie genossen hatte. Sie weckte in ihm ein Wohlgefühl, das er nicht imstande war, seiner selbst gewählten Einsamkeit zu opfern. Ihre Anwesenheit war ihm auf eine Weise angenehm, die ihn ins Wanken brachte, seine Gemütsfestung erzittern ließ, ohne dass die geringste Furcht ihn mahnte, sich zurückzuziehen.

So wanderte Hendrik von Auental wie selbstverständlich am folgenden Abend wieder in die Alsterniederungen, wo Lisa-Marie ihn wie erhofft an dem vertrauten Platz erwartete. Noch unbemerkt verharrte er in der Betrachtung ihrer schlanken Gestalt auf der Holzbank, sah die sinkenden Sonnenstrahlen ihr Haar mit Lichtern bekränzen und fühlte eine drängende Sehnsucht in sich aufsteigen, die Tränen in seine Augen trieb, die sich wie Quellen aus den Fugen seiner Seelenmauer einen Weg bahnten. Wieder gefasst setzte er sich neben Lisa-Marie.

Ohne ein Wort der Absprache trafen sich die beiden nun täglich an diesem Ort, immer wenn die Sonne den Abend zum Tanz aufforderte und nur wenige Spaziergänger ihre Idylle stören konnten. Sie begannen einander aus ihrem Leben zu erzählen, von den Reisen, die sie unternommen hatten. In vielen dabei gewonnen Eindrücken fanden sie Übereinstimmung in ihren Empfindungen und Gedanken. Doch waren beide sorgfältig darauf bedacht, nicht die Ebene der gesitteten Unterhaltung zu verlassen und zu viel von sich preiszugeben. So erwähnte Hendrik von Auental nie seine Familie, genauso wie Lisa-Marie das unerklärliche Verschwinden ihrer Mutter verschwieg.

Dennoch wiegten sich ihre Seelen im gleichen Takt, berührten einander aus scheinbar sachlicher Ferne und ließen die Gemüter in Harmonie ruhen. In der gemeinsamen, stummen Betrachtung der Natur wuchs eine Nähe, die keiner Worte oder Erklärungen bedurfte. Und fanden sich wie zufällig ihre Hände auf dem rauen Holz, verharrten sie in zarter Berührung.

***

Als Lisa-Marie eines Abends nach Hause kam, empfing ihr Vater sie mit wissendem Schalk in den Augen, denn natürlich war ihm die Veränderung seiner Tochter aufgefallen, ihr oft entrücktes Lächeln, der Hang zu innerer Einkehr und manchmal auch eine leichte Melancholie. Für ihn bestand kein Zweifel, dass Lisa-Marie verliebt war, und so freute er sich, endlich auch den jungen Mann kennengelernt zu haben, der offensichtlich verantwortlich war für diesen

Zustand und nun in dem Zimmer seiner Tochter wartete.

Dort fand Lisa-Marie zu ihrem Erstaunen Markus Weber vor, der zusammengekauert auf einem Stuhl hockte und die Schulfreundin dringend um ein Gespräch bat. Er sah zutiefst unglücklich aus. Lisa-Marie forderte ihn auf, ohne Scheu zu sprechen und sogleich sprudelten sein Kummer und seine Gewissensnöte aus ihm heraus. Schon seit geraumer Zeit war Markus Weber Cora herzlich zugetan, versuchte ihr nah zu sein, wo er nur konnte und ihre Aufmerksamkeit zu erringen. Doch Cora hatte ihn nur ermutigt, wenn sie sein schulisches Wissen benötigte, um ihn anschließend wieder seine Bedeutungslosigkeit spüren zu lassen.

Das blieb so, bis Markus ihr bei dem Sommerfest zu der Turnhalle gefolgt war und Zeuge des Treffens mit Hendrik von Auental wurde. Lisa-Marie hielt den Atem an. Würde sie nun erfahren, was tatsächlich an diesem Abend geschehen war? Die innere Spannung ließ sie beben, doch wollte sie den Freund nicht unterbrechen.

Markus Weber schwieg einen Augenblick, denn er war sich bewusst, dass das, was er nun offenbaren würde, Coras Leben zerstören könnte. Er vertraute Lisa-Marie und wusste, dass sie ein Verschwiegenheitsgelübde nie brechen würde, doch er schwankte zwischen der Ehrlichkeit, die auch seine Seele entlasten würde und den Gefühlen für Cora, die noch immer sein Herz gefangen hielten. Auch musste er Folgen für sich befürchten, da er die Lüge wider besseren Wissens nicht klargestellt und damit den Ruf des Lehrers in Gefahr gebracht hatte.

Es war Lisa-Maries ruhiger, verständnisvoller Blick, der schließlich seine Zunge löste, jedoch nicht ohne sie vorher schwören zu lassen, das Geheimnis auf jeden Fall zu bewahren. Lisa-Marie war ob Markus Offenbarung nicht so entsetzt, wie er erwartet hatte, da sie immer von Hendrik von Auentals Redlichkeit überzeugt gewesen war. Viel mehr beschäftigte sie, warum Cora eine so dreiste Lüge in die Welt gesetzt hatte. Immer wieder ließ sich Lisa-Marie die Geschehnisse in allen Einzelheiten schildern, bis es für sie nur eine Erklärung gab, nämlich dass die arme Cora in Hendrik von Auental verliebt war und die Kränkung seiner Zurückweisung ihren Geist verwirrt hatte.

Markus Weber hatte sich nie Gedanken über die Ursache von Coras Handeln gemacht und meinte nun in Lisa-Maries Begründung eine Mitschuld von Hendrik von Auental zu erkennen, was sein Gewissen erleichterte. Seine so verehrte Cora hatte nur Rache für ihre verletzten Gefühle genommen, die der Lehrer mit Absicht in ihrem unschuldigen Wesen geweckt haben musste. Und nur aus Angst vor weiteren Demütigungen wies Cora seit kurzem den entflammten Markus zurück, um wahllos andere Klassenkameraden zu betören. Sie hatte das Vertrauen in die Liebe verloren. Wieder voller Hoffnung verabschiedete sich Markus von Lisa-Marie.

Es war also eine Lüge, die den von Lisa-Marie geliebten Mann aus dem Schuldienst getrieben hatte und dazu noch eine, die sie verdammt war, als Geheimnis zu bewahren. Durfte ihr Ehrenwort höher als ihre Gefühle stehen? Sollte die Wahrheit nicht allen zugänglich sein? Stand der Freundesschwur über der Gerechtigkeit? Lisa-Marie zermarterte sich den Kopf in einer schlaflosen Nacht und beschloss, Hendrik von Auental bei dem Treffen am nächsten Abend ins Vertrauen zu ziehen.

Doch an dem folgenden Tag blieb Lisa-Marie allein auf der Bank in den Alsterniederungen. Geduldig sah sie auf das unbeirrt fließende Wasser, lauschte dem Raunen der schützenden Bäume und spürte, wie trotz des Friedens der Natur eine große Unruhe in ihr wuchs. Wenn auch niemals eine Verabredung Basis dieser Begegnungen gewesen war, so waren sie doch Ausdruck ihrer gegenseitigen Verlässlichkeit. Bei einer überraschenden Verhinderung wäre es nicht umständlich gewesen, den anderen in Kenntnis zu setzen, da Telefonnummern und Adressen aller Schüler und Lehrer bekannt waren. Nur ein besonderes Schicksal konnte Hendrik von Auental davon abgehalten haben, diesem Treffen ohne Erklärung fernzubleiben.

Nach einer weiteren schlaflosen und sorgenvollen Nacht erfuhr Lisa-Marie am Morgen in der

Schule den Grund für Hendrik von Auentals Fortbleiben. Die Zeitungen berichteten umfangreich, dass Maximilian von Auental, Hendriks Vater, und dessen erstgeborener Sohn Edgar bei dem Absturz einer Propellermaschine ums Leben gekommen waren. Erwartungsgemäß war der zukünftige Herr von Gut Auental, Hendrik, sofort nach Hause geeilt.

Lisa-Marie erschütterte diese Nachricht bis ins Mark. Zwar war ihr der Tod, der noch nie ein Opfer in ihrem Umfeld gefunden hatte, an sich fremd, doch sie wusste viel über Abschied und Verlust. Allerdings waren ihr stets Möglichkeiten und Hoffnungen geblieben, die mit dem Verlöschen des Lebenslichts eines Menschen endgültig und unwiederbringlich verloren waren. Und jeder Abschied zog Veränderungen nach sich, denn die hinterlassene Lücke musste gefüllt werden. Nichts konnte sein wie vorher.

Wie sehr musste den geliebten Mann der Verlust von Vater und Bruder schmerzen, auch wenn Lisa-Marie ahnte, dass das Verhältnis zwischen Hendrik und seiner Familie belastet war. Warum sonst hatte er nie ein Wort über sie verloren. Doch der Tod in seiner Unabänderlichkeit wandelte alles und raubte gleichzeitig die Möglichkeit für ein klärendes Gespräch, eine Rechtfertigung oder eine Bitte um Verzeihung. Er ließ die Lebenden mit ihren Fragen und Antworten in einer Leere zurück, in der nur Trauer und Kummer über die Versäumnisse Platz fanden.

Es drängte Lisa-Marie, Hendrik einen Brief zu schreiben, doch sie war unsicher, wie weit sie sich ihm dabei nähern durfte. Schließlich gelangte sie zu der Einsicht, dass wahres Mitgefühl das Recht hatte, die guten Manieren dem Empfinden unterzuordnen. Also begann sie …

Lieber Hendrik,

mit Betroffenheit habe ich von dem Tod deines Vaters und deines Bruders erfahren. Auch wenn ich sie nicht kannte, glaube ich doch zu ahnen, welche Bedeutung sie in deinem Leben hatten. Kein Wort von mir kann deine Pein lindern oder über den Verlust hinweghelfen. Doch sei Dir gewiss, dass meine Gedanken bei Dir sind. Der Allmächtige möge Dir Kraft und Stärke geben, um diesen Schicksalsschlag zu tragen und eine Stütze für deine Familie zu sein.
Wann immer Du heute oder in der Zukunft meine Hilfe oder Unterstützung wünschst, werde ich zu Dir kommen.

Deine Dir herzlichst zugetane
Lisa-Marie

***

Als Hendrik von Auental mit seinem Wagen die von Eichen gesäumte Allee zum Gutshaus entlang fuhr, war sein Herz sehr beklommen. Es schien ihm wie der Weg zu einem Thron, den er nie besteigen wollte. Das trutzige, alte Gutshaus mit seiner efeuumrankten Backsteinfassade erwartete ihn mit Schwermut und der Bürde einer großen Verantwortung. Verloren waren die fröhlichen Bilder der Jugend. Dieser Weg führte in eine Zukunft, die seine eigenen Absichten in die Rüstung von Selbstbeherrschung und Notwendigkeit zwängte. Zu genau kannte er die Regeln dieser Gesellschaft, als dass er nicht wusste, dass er fortan Diener des Anwesens und seiner Familie sein musste.

Auch wenn es ihn danach drängte, war es zwecklos, sich gegen seine Bestimmung zur Wehr zu setzen. Der Same von Pflichterfüllung und Ehrgefühl war schon in seiner Kindheit nicht nur durch Worte gepflanzt worden sondern auch durch Vorbilder, denen das Wohl jener, ihnen anvertrauter Menschen über alles ging. Er konnte nur auf dem Boden von Gewissenhaftigkeit und Verzicht gedeihen. Und obwohl Hendrik von Auental die daraus keimenden Gedanken ständig gestutzt hatte, war der Same zu einem stattlichen Baum seines Wesens gewachsen, der ihm unbemerkt Schutz und Halt bot. Dessen Wurzeln galt es zu nähren und zu pflegen, während die Freiheit unter ihnen ein trostloses Grab fand. Es war ein zorniger Mann, der sich der mächtigen Eingangstür näherte.

Doch war dieses nur eine Regung im Widerstand zu seiner Hilflosigkeit angesichts des Todes seines Vaters und seines Bruders. Die Nachricht hatte seinen Verstand erreicht, aber er ließ es nicht zu, dass sie sein Herz berührte. Beide Männer waren ihm wie Schauspieler hinter ihren Masken fremd geblieben. Aber er hatte er sich auch nie bemüht, in ihnen etwas anderes zu erkennen, als was Pflichtgefühl und Anstand den beiden abverlangte. Hendrik von Auental hatte den leichten Weg des bequemen, ungezwungenen Lebens vorgezogen. Wollte er nun diese Gleichgültigkeit gegenüber den Grundsätzen seiner Familie bereuen, würde er sich selbst zerbrechen. So blieb ihm nur das Opfer der Rückkehr in die Fesseln seiner Herkunft mit Stolz zu tragen.

Als sein Wagen vor der Eingangstür hielt, die sofort von der Hausdame geöffnet wurde, schloss Hendrik von Auental die Kammer seines Herzens und warf sich den Mantel des Gutsherrn über. In aufrechter Haltung schritt er die Stufen hinauf und zeigte keine Furcht.

Die treue Marina kannte Hendrik von Kindesbeinen an, und er bemerkte in ihrem Gesicht die Spuren vieler Tränen und großer Trauer. Sprachlos sah sie ihn an und einer spontanen Regung folgend, schloss er sie einfach in die Arme. Einen Moment lang schien sich die Zeit zurückzudrehen, als wären dort noch der kleine Junge und die resolute Köchin. Aber dann erinnerten sich beide sogleich der Gegenwart und ihres Standes, der derartige Nähe nicht erlaubte. In dem Moment erschien der Sekretär des verstorbenen Gutsherrn und führte Hendrik in den Salon.

Hendrik hatte seine Mutter noch nie weinen sehen, und als er den edel möblierten Raum, der einen weiten Blick über den Park freigab, betrat, wurde Hendrik sofort klar, dass auch heute keine Träne der Hausherrin ihre Gefühle preisgeben würde. Aufrecht in einem Sessel thronte stolz Henriette von Auental, die Disziplin und Haltung bereits mit der Muttermilch aufgesogen hatte. Sie begrüßte ihren Sohn mit einem geschulten Lächeln und reichte ihm die Hand zu einem Kuss. Auf einem anderen Sofa saß schluchzend die Witwe seines Bruders Edgar, tröstend umarmt von ihrer Schwester Sofie. Auch diese beiden begrüßte Hendrik formvollendet und vermittelten dabei den Eindruck, nur die Rolle in einem Theaterstück zu spielen. Umfangen von einem Gefühl der Einsamkeit setzte er sich ebenfalls.

Beinahe geräuschlos servierte ein Dienstmädchen Tee. Kein Wort hatte Platz in dieser Umgebung aus Kummer und Wohlerzogenheit. Dabei drang wie Hohn der frohe Gesang der Vögel aus dem Park durch die geschlossene Terrassentür, vermischte sich mit dem leisen Schluchzen zu einer seltsamen Trauermelodie.

Hendrik entfloh der Sprachlosigkeit, in dem er sich in seinem alten Jugendzimmer einrichtete. Anschließend machte er einen Spaziergang durch die Parkanlage, um seine Gedanken zu ordnen. Er war zweifellos nun der Herr über dieses Anwesen mit der Verantwortung für einen Tross von Personal, das das Gutshaus und den landwirtschaftlichen Betrieb besorgte. Er würde sich mit Dingen beschäftigen müssen, die ihn bisher nicht interessierten und die er nie erlernt hatte. Ihm fiel nicht einmal der Name des Gutsverwalters ein, wenn es überhaupt noch derselbe war, dem er kannte. Bei dieser Feststellung zitterten seine Knie, und er steuerte auf den Pavillon am See zu, um an einem Ort der Stille die keimende Angst in ihre Schranken zu weisen.

Als er seine Mutter dort, einer römischen Statue gleich, stehen sah, wollte er sich abwenden, doch sie winkte ihn heran. Sie bat ihn, ein wenig mit ihr an diesem Ort zu verweilen, denn hier hatte sie auch mit ihrem Mann immer dann besinnliche Stunden verbracht, wenn das gewaltige Gutshaus ihnen zu drückend erschien und sie versuchten in dem Gleichmaß der Natur, Ruhe und Freiheit der Gedanken zu finden. Hendrik musste an Lisa-Marie denken, an ihre gemeinsamen Stunden in den Alsterauen, und wieder griff die Sehnsucht nach seinem Herzen.

***

Henriette, ebenfalls einem adligen Hause entstammend, hatte sich dereinst bei einem Sommerfest auf Gut Auental in den jungen, heiteren Maximilian verliebt. Als charmanter Plauderer und talentierter Tänzer war er bei den Damen beliebt, doch nach dem ersten Treffen mit

Henriette, genau in diesem Pavillon, hatte er nur noch Augen für sie. Die beiden Verliebten verbrachten eine fröhliche, zwanglose Zeit, bis auch Maximilian von Auental, nach dem tödlichen Unfall seines Vaters, das Schicksal zum Gutsherrn berief. Um den geliebten Mann in seinen vielfältigen Aufgaben zu unterstützen, willigte Henriette in eine baldige Hochzeit ein.

Doch unter der Last der Verantwortung in Verbindung mit seinem ausgeprägten Pflichtgefühl zerbrach das frohe Wesen des Hausherren, so sehr sich seine Gemahlin auch bemühte, durch beglückende Ablenkung seine Sinne vergnügt zu stimmen. Selbst die Geburt seines ersten Sohnes schien Maximilian von Auentals Sorge um die Zukunft noch zu vergrößern. Er verfing sich mehr und mehr in den Schlingen seiner eigenen Ansprüche. So edel seine Absichten auch gewesen sein mochten, stellte er doch irgendwann das Ansehen der Familie über alles und verlor das Maß für Menschlichkeit. Dabei litt er selber am meisten unter dieser Entwicklung, was er nur in seltenen Stunden seiner Frau offenbarte.

Henriette von Auental hatte zu keinem Zeitpunkt aufgehört, ihren Mann zu lieben, auch wenn sie bisweilen unter seiner Kälte litt. Sie wusste, dass der Maximilian, in den sie sich einst verliebte hatte, noch hinter dieser Fassade lebte und hatte inständig gehofft, dass mit der Übergabe der Geschäfte an Edgar endlich ein neues, freudiges Leben für sie beide beginnen würde. Sie hatte sich schon heimlich nach einem Haus in der Toskana umgesehen. Doch nun war Henriettes Traum für immer verloren.

Hendrik wusste, warum seine Mutter ihm das alles erzählte. Sie wollte ihn milde stimmen und Verständnis wecken für den strengen Mann, der sein Vater gewesen war. Und in Hendriks Innerstem öffnete sich tatsächlich ein kleiner Spalt, durch den das Licht der verlorenen Liebe zu seinem Vater schimmerte. Mutter und Sohn sanken sich in die Arme, dankbar und nachsichtig in ihrem Kummer vereint.

***

Die schmerzhaften Vorbereitungen für die Trauerfeierlichkeiten nahmen Hendrik von Auental in den nächsten Tagen vollkommen in Anspruch. Seine sonst so kraftvolle Mutter, die sich stets aller gesellschaftlichen Aufgaben angenommen hatte, war durch den Verlust ihres Lebenspartners derart geschwächt, dass sie ihre Haltung nur bewahren konnte, in dem sie sich in ihr Zimmer zurückzog und aus dem Alltagsgeschäft fernhielt. Auch konnte Hendrik nicht auf die Unterstützung von Edgars Witwe zählen, da diese nun ihre Trägheit unter dem Gewand der Trauer mit großer Hingabe lebte, wobei ihre Schwester Sophie sie voller Anteilnahme unterstützte.

Der Sekretär des verstorbenen Vaters trat sogleich ohne weitere Worte seinen Dienst bei dem Erben des Guts an und wurde Hendrik von Auental eine große Stütze. In gleichem Maße konnte er sich auf die Hausdame Marina und den Gutverwalter Viktor verlassen, ohne die er in seiner Unerfahrenheit untergegangen wäre. Hendrik empfand eine große Dankbarkeit seinem Vater gegenüber, dass dieser so treues und fähiges Personal um sich geschart hatte, welches zudem gewillt war, eigenständig und verlässlich zu arbeiten. Dieses war auch ein Zeugnis dafür, dass der Verstorbene ein hohes Ansehen bei seinen Bediensteten genossen hatte, das nun als Segen und Verpflichtung an den Sohn weitergegeben wurde.

Die Trauerfeier war in Würde und Ausstattung dem Ansehen der Verblichenen angemessen, und eine Vielzahl von Gästen erwies diesen die letzte Ehre. Die Beisetzung fand auf dem Gutsfriedhof unter prachtvollen Eichen statt, wo Grabsteine von den bereits vorausgegangenen Familienmitgliedern etlicher Generationen zeugten. Erst dort wurde Hendrik von Auental bewusst, dass er nie wieder ein Wort mit seinem Vater würde sprechen können und ihn sein Bruder als Fremder verlassen hatte. Die Last der Versäumnisse drückte wie ein Felsbrocken auf seine Schultern. Er beugte sein Haupt an den Gräbern gequält von dem Schmerz der Unwiederbringlichkeit und tastete dabei in der Leere nach einer Hand. Lisa-Marie!

Ihren Brief trug Hendrik von Auental immer bei sich. Hatte er ihn zuerst, bei der Lektüre gestört, eher zufällig in die Innentasche seines Jacketts gesteckt, hütet er ihn nun wie ein Kleinod. Er konnte sich selbst nicht erklären, warum ihm das Papier mit den wenigen Zeilen in dieser Zeit der Herausforderung Halt gab, war Lisa-Marie doch nur eine beinahe unwirkliche Erinnerung an sein Leben als Lehrer.

Nach der Beerdigung stürzte sich Hendrik von Auental in die Arbeit. Dabei musste er erkennen, wie vielfältig die Aufgaben des Eigentümers eines so großen Gutshofes waren. Sein Vater hatte stets den Überblick über alle fachlichen und menschlichen Belange und zu jeder Zeit ein offenes Ohr für Sorgen und Probleme gehabt. Hendrik hingegen wusste wenig über Landwirtschaft und kannte kaum einen der Angestellten mit Namen. Doch seine anspruchsvollste Obliegenheit war der Umgang mit den Finanzen, über die allein der Gutsherr die Entscheidungen traf. Dazu bedurfte es nicht nur der Beherrschung von Zahlen sondern fundiertem Fachwissen, das Hendrik von Auental sich mühsam und eilig aneignen musste, um den Wohlstand des Betriebes nicht zu gefährden.

***

Währenddessen kam Lisa-Marie ihren schulischen Pflichten nach, ohne mit dem Herzen dabei zu sein. Das verstärkte sich noch, als der tragische Schicksalsschlag, der den einst so beliebten Lehrer ereilte, die Anschuldigungen von Cora vergessen ließ und nun die Schüler die

Rückkehr von Hendrik von Auental ersehnten. Plötzlich zweifelten viele an der Glaubwürdigkeit von Cora, bezichtigten sie der Lüge, bombardierten sie mit Vorwürfen und wanden sich schließlich von ihr ab.

Obwohl Lisa-Marie die Wahrheit kannte, empfand sie Mitgefühl für Cora, die unvermittelt einer Meute von verschmähten, jungen Männern und eifersüchtigen Mitschülerinnen ausgesetzt war, die sich in der Gruppe stark fühlten und sie gnadenlos vor sich hertrieben. Erstaunlicherweise machte sich ausgerechnet die brave Pia zu deren Anführerin. Und wieder war es die Menge, die über Schuld und Unschuld urteilte, ihr Opfer richtete und Bestrafung forderte.

In dieser Situation erkannte Lisa-Marie, wie einsam Cora stets gewesen war, dass sie sich Zuneigung erkauft und ein Intrigengerüst gesponnen hatte, von dem sie sich Sicherheit versprach und in dem sie sich nun selbst verfing. Cora war nie ein echter Teil dieser Gemeinschaft gewesen, und jetzt ließen die anderen sie das deutlich spüren. Einzig Lisa-Marie hielt ihrem Wesen entsprechend zu der Ausgestoßenen und suchte ihre Nähe, denn es war ihr zuwider, dem Gebell der aufgebrachten Meute zu folgen. Sie fühlte sich aufgefordert, nach dem Wahrhaften hinter dem Schein zu suchen.

Als Cora erneut vor den Schmähungen vom Schulhof floh, folgte ihr Lisa-Marie und wurde so unfreiwillig und unbemerkt Zeuge eines

Gesprächs mit dem Direktor des Gymnasiums. In geradezu hasserfüllter Manier fordert Cora diesen auf, dass Kesseltreiben gegen sie zu unterbinden. Der Schulleiter, sonst meist überheblicher Natur, stammelte Erklärungen für seine Untätigkeit und versuchte Cora zu vermitteln, dass er in so einer Situation machtlos sei. Er sah keinen Weg, die Schüler wieder für Cora einzunehmen. Seine Worte wirkten wie eine hilflose Rechtfertigung, was Lisa-Marie in Anbetracht der Stellung des Mannes rätselhaft fand.

Doch Cora wollte keine Einsicht zeigen, sondern steigerte sich in ihre Wut. Sie drohte ihr Wissen öffentlich zu machen, was den Direktor geradezu in Panik versetzte. Was würden wohl die Eltern, Schüler und auch die Zeitungen davon halten, dass der angesehene, verheiratete Schulleiter hin und wieder die Dienste gewisser Damen in Anspruch nahm, die zur Befriedigung ihrer Kunden die Peitsche schwangen. Der arme Mann wurde totenblass und flehte Cora an, nicht sein Leben zu zerstören. Diese Ausschweifungen gehörten schließlich der Vergangenheit an. Doch Cora lachte nur auf eine teuflische Art. Mit dem Kampfgeist der Gedemütigten zeterte sie, dass Männer wie der werte Herr Direktor jahrelang zu ihrem Leben gehört hätten und ihr kein menschlicher Abgrund fremd sei. Es würde Zeit, dass die feine Gesellschaft endlich erkenne, was sich hinter der sorgsam polierten Fassade verbarg.

Lisa-Maries Geist fühlte sich gefangen in dem, sich ihr in der Gestalt von Cora und dem Direktor offenbarenden Teufelskreis aus Bitterkeit und Kleinmut. Es wäre ein Leichtes für sie gewesen, ungesehen zu verschwinden, doch ein starker Wunsch nach Verständigung und Harmonie trieb sie vorwärts. Erhobenen Hauptes, doch mit bebendem Herzen angesichts der brenzligen Lage, schritt sie neben die beiden, aus unterschiedlichen Gründen Zitternden. Der Schrecken der Enttarnung spiegelte sich in ihren Gesichtern. Lisa-Maries Blick duldete keinen Zweifel daran, dass sie das ganze Gespräch belauscht hatte. Weder der Schulleiter noch Cora regten sich oder sprachen ein Wort, so als erwarteten sie einen vernichtenden Richterspruch.

Es war Lisa-Maries feste Überzeugung, dass das Böse besiegt werden könnte, wenn man ihm das Gute entgegensetzte. Der Fluch vergangener Taten war nur zu bannen, in dem das Handeln der Gegenwart über ihn triumphierte. Niemand konnte die Zeiger der Zeit zurückstellen, weder durch Offenbarung noch durch Verschleierung. Die Vergangenheit durfte lediglich als Lehrmeisterin für die Zukunft dienen, doch niemals das Zepter im Jetzt übernehmen.

Dieser unerschütterliche Glaube zauberte ein verstehendes und verzeihendes Lächeln auf Lisa-Maries Lippen, das Angst und Hass verscheuchte. Es verwies alle schlechten Gedanken in die Ecke der Bedeutungslosigkeit und ließ die in vielen Farben schillernde Wahrheit für einen kurzen Moment vorüberziehen. Zurück blieb ein Hauch des gegenseitigen Erkennens und der Einsicht.

Schweigend verließen die beiden jungen Frauen gemeinsam das Büro des selig erleichterten Schuldirektors.

Aus jenem Erlebnis erwuchs die innige Freundschaft zweier sehr unterschiedlicher Menschen. Nur mühsam gelang es Lisa-Marie, Coras Argwohn in Vertrauen zu wandeln. Doch entdeckte sie schnell, dass hinter der kaltschnäuzigen Fassade der Freundin ein warmes Herz schlug, das nur den Wunsch hatte, um seiner selbst geliebt zu werden.

Cora sah schon in ihrer Kindheit Dinge und machte Erfahrungen, die sie in die düsteren Tiefen menschlicher Seelen blicken ließen. Doch beherrschten nicht Verbrechen, Drogen und Gewalt ihre Erzählungen sondern die Verbindung zwischen Menschen, die um die Widrigkeiten des Lebens wussten und sich gegenseitig ohne Vorbehalte stützten. Leichte Wehmut klang in ihrer Stimme in Erinnerung an jene, die so oft ihre Masken fallen lassen mussten, damit ihr wahres Ich das Wunschbild des Seins erobern konnte. Sündige Seelen betrachteten einander mit liebevollem Verständnis.

Oft hatte sie auf St. Pauli mit den Verzweifelten, Missachteten, Hoffnungslosen gelitten, bis Cora sich entschloss, dieser Gesellschaft zu entfliehen und sich einen Platz in der Harmonie der wohlhabenden Vorstadt zu suchen. Aber bald musste sie erkennen, dass dort das gleiche Unglück nur in einem anderen Gewand wohnte.

Hinter den Vorhängen aus Höflichkeit und eitlem Schein verbargen sich ebenso Einsamkeit und Lebenslügen.

Diese Einsicht hatte Cora angespornt, ihrerseits eine Rolle im Schauspiel der Wohlsituierten zu spielen, ohne die Regeln zu kennen, außer der verführerischen Macht des Geldes und der Weiblichkeit. Der peinlichen Tatsache, dass der Schulleiter einst Kunde von Coras Mutter gewesen war, verdankte sie ihre Aufnahme auf das Gymnasium. Sie war nicht unbegabt, doch fühlte sie sich stets minderwertig zwischen den Schülern. So erkaufte sie sich Freundschaften und nutzte ihr Wissen über die Verführbarkeit von Männern. Doch ihre klugen Instinkte bezweifelten immerzu die Echtheit der Zuneigung, die ihr entgegengebracht wurde. So blieb sie allein mit ihrem hoffnungslosen Wunsch nach dem glücklichen Leben, das sie meinte in den besseren Kreisen finden zu können.

Cora wollte kaum glauben, in Lisa-Marie eine uneigennützige, verständnisvolle Freundin zu haben, der sie ohne Scham aus ihrem Leben erzählen konnte und die sie nicht verurteilte. Die anderen Schüler reagierten zuerst befremdlich auf das neue Duo, doch da Lisa-Marie für Bösartigkeiten nicht anfällig war und Coras Temperament zu bändigen wusste, fanden sie bald Einzug in andere Gruppen. Selbst Pia musste zugeben, dass sie Cora letztlich Dank schuldete, denn erst ihre Eifersucht auf diese hatte sie erkennen lassen, was sie für Markus Weber empfand. Nun waren die beiden ein glückliches Paar.

***

Lisa-Maries 18er Geburtstag stand bevor, und da er auf einen Wochentag fiel, wollte sie erst am Samstag ein Fest für alle Freunde und Bekannte geben. Der Ehrentag begann für sie mit einer großen Überraschung ihres Vaters, der ihr ein funkelnagelneues Cabrio vor die Tür stellte. Es war mit Blumen und einer roten Schleife geschmückt. Sichtlich stolz auf seine tüchtige Tochter übergab er ihr die Schlüssel, sodass sie gleich damit zur Schule fahren konnte. Glücklich den blauen Himmel eines Spätsommermorgens über sich holte Lisa-Marie ihre Freundin ab. Cora entzückte sie mit einer wunderschönen Kaschmirstola als Geschenk. Diese passe prächtig zu einer Gutsherrin, bemerkte sie dazu augenzwinkernd, denn auch sie kannte die Geheimnisse ihrer engsten Vertrauten.

Den Abend wollte Lisa-Marie bei einem gemütlichen Essen allein mit ihrem Vater verbringen. Umso erstaunter war sie über das plötzliche Läuten an der Tür. Als sie diese öffnete, glaubte sie ihren Augen nicht zu trauen. Eine Welle der Freude schwemmte sie direkt in die Arme der Besucherin, die sie gerührt und herzlich an sich drückte. Lisa-Maries Mutter war zurückgekehrt.

Neugierig auf den unerwarteten Besuch war auch der Vater in den Flur getreten und stand dort regungslos in vollkommener Verwirrung seiner Gefühle, während Lisa-Marie und ihre Mutter sich herzten und küssten. Vor über 10 Jahren war seine Ehefrau Charlotte von einem Tag auf den anderen mit der spärlichen Erklärung, sie müsse einen anderen Weg gehen, aus seinem Leben verschwunden und hatte neben seinem gebrochenen Herzen auch ihr kleines Mädchen zurückgelassen.

Jahrelang zerbrach sich Norbert Lorenz den Kopf, was seine junge Frau aus dem behaglichen, sicheren Zuhause in die weite Welt getrieben hatte. Natürlich war sie eine etwas abenteuerlustige Frohnatur, die der Alltag als Hausfrau und Mutter nicht auszufüllen vermochte. Vermutlich hatte er auch die innere Unruhe von Charlotte beim Aufbau seiner Karriere nicht ernst genug genommen, jedoch dabei nie Zweifel gehegt, dass sie ihre Familie von Herzen liebte. Trotz der Meinung seiner Freunde weigerte er sich beharrlich, Charlotte für selbstsüchtig und verantwortungslos zu halten.

Zuerst hielt er den Ausbruch seiner Frau für eine Laune, die schnell vorüberging und tröstete sich Tag für Tag damit, dass sie morgen wieder vor der Tür stehen, ihn um Verzeihung bitten und die Freude zurück in sein Heim tragen würde. Doch dann zwang ihn die Zeit, sich darin zu fügen, dass er fortan allein für sich und Lisa-Marie sorgen musste. Doch jeden Abend vor dem Einschlafen erschien Charlottes Bild vor ihm, ihr strahlendes Lächeln, ihre blitzenden Augen und er fühlte, dass die Liebe nicht gestorben war. Entgegen aller Vernunft gelang es ihm nie, in einer anderen Frau seine Partnerin zu sehen und so wartete er, denn in seinem Innersten war er gewiss, seine Frau würde eines Tages zurückkehren.

Nun da sie leibhaftig vor ihm stand, mischte sich in sein Glückgefühl die Angst, sie könnte ihn gleich wieder verlassen. Durfte er gestatten, dass sie ihn erneut in große Verzweiflung stütze? Sollte er sie nicht zu seinem eigenen Schutz zurückweisen? War es nicht seine Pflicht, Charlotte Vorhaltungen über ihr rücksichtsloses Handeln zu machen? War es nicht das Beste, er kehrte ins Wohnzimmer zurück und schloss die Tür hinter sich?

Und es schien eine fremde Frau zu sein, die sich mit Lisa-Marie in den Armen lag. Zwar schimmerte noch ein vertrautes, junges, sorgloses Wesen in ihrer Erscheinung, aber Charlotte war gereift zu einer Persönlichkeit, die das Kaleidoskop des Lebens geformt hatte. Das verlieh ihrer Schönheit die Ausstrahlung einer wissenden Klarheit.

Lisa-Marie entwand sich ihrer Mutter und lächelte ihren Vater ermunternd an. Dann verschwand sie in ihrem Zimmer. Wie zwei schüchterne Jugendliche standen sich Charlotte und Norbert gegenüber, kaum in der Lage den unsicheren Blick zu lenken. Doch unsichtbar webte sich wortlos ein dünner Faden zwischen ihnen, dann ein zweiter, dritter, die sich zu einem immer stärkeren Seil verbanden, das beide zueinander hinzog, bis sich ihre Körper beinah berührten und sie in ihren Tränen gefüllten Augen die nie erloschenen Gefühle erkannten. Ihre große Liebe keimte aus dem stets gehüteten Samen neu und mit großer Kraft.

Aus dem Unverständnis über die Abwesenheit der Mutter und die damit oft verbundene Einsamkeit war dank der herzlichen Zuwendung des Vaters auch in dem Kind keine Ablehnung gewachsen. Lisa-Marie glaubte beharrlich an die Rückkehr ihrer Mutter und dass sie einen guten Grund gehabt hatte, ihr Glück an einem anderen Ort zu suchen. Sie erkannte früh, dass man geliebte Menschen nicht halten durfte, wenn ihr Weg sie in eine andere Richtung führte. Oft sah Lisa-Marie damals den Zugvögeln nach und sandte mit ihnen einen Gruß an die ferne Mutter.

In den langen Jahren hatte Charlotte Lorenz viel von der Welt gesehen, die Höhen und Tiefen des menschlichen Lebens erfahren. Noch keine dreißig Jahre alt und von unbedarfter, fröhlicher Natur öffneten sich ihr viele Türen, hinter denen sie meinte zu finden, was sie vermisste. Sie schlürfte Champagner auf flitzenden Motoryachten, betreute afrikanische Kinder in einer christlichen Mission, wandelte auf den Spuren der Hippies in Indien und trampte durch den amerikanischen Kontinent. Rastlos zog sie umher, getrieben von dem Wunsch einen Ort und

Menschen zu finden, die ihre Sehnsüchte erfüllten. Sie lernte die Würdelosigkeit von Armut und Hunger kennen, war gezwungen ihre Moral der Not anzupassen, erfuhr bescheidene Zufriedenheit und die Versuchungen des Reichtums. Doch mit jeder Erfahrung wuchs in ihr das Einsehen, dass kein Abenteuer die Geborgenheit der Familie in der Heimat aufwiegen konnte.

Charlotte Lorenz plagte große Angst vor der ersten Begegnung mit ihrem Ehemann und ihrer Tochter. Sie erwartete nicht, mit offenen Armen empfangen zu werden und war nun überwältigt von dem Wohlwollen, mit dem sie aufgenommen wurde. Die Familie saß zusammen im Wohnzimmer und genoss die Freude des Beisammenseins. Es waren eine innige Zärtlichkeit und großzügiges Verständnis, die die drei Menschen miteinander verbanden. Und bedachtsam führte die Untrennbarkeit wahrer Liebe ihre Herzen zusammen.

Kurz vor Mitternacht verkündete Charlotte Lorenz, dass sie ein Geburtstagsgeschenk für ihre Tochter mitgebracht habe und holte aus ihrer Tasche einen großen Stein, der aussah wie grünes Glas. Vorsichtig legte sie ihn in Lisa-Maries Hand und erzählte, dass sie, als sie dieses Kleinod fand, den Entschluss gefasste hatte, nach Hause zurückzukehren. Er sei ein Symbol der Hoffnung, die man nie verlieren dürfe.

Tief berührt betrachtete Lisa-Marie den Stein, der beinahe die Innenfläche ihrer Hand ausfüllte. Im Lampenlicht schimmernd ruhte er dort, und ihre Gedanken schwebten zu Hendrik von Auental. Sie schloss ihre zarten Finger um den Stein in dem festen Glauben, dass auch ihre Hoffnungen sich eines Tages erfüllen würden. Doch als ihr bewusst wurde, dass der Stein viel zu schwer war, um aus Glas zu sein, lief ein Schauer über ihren Rücken. Sie öffnete ihre Hand und schaute voller Ehrfurcht auf einen ungeschliffenen, lupenreinen Smaragd.

***

Der Arbeitstag von Hendrik von Auental begann morgens um 6 Uhr und endete selten vor dem gemeinsamen Abendessen. Der Gutshof wirtschaftete erfolgreich und erzielte ersprießliche Gewinne. Trotzdem war Hendrik von Auental mit der finanziellen Situation der Familie nicht zufrieden. Doch viel mehr beunruhigte ihn, dass seine Mutter täglich schwermütiger wurde, dass sie die Freude am Leben durch den Tod ihres Ehemannes und ihres Erstgeborenen gänzlich verloren zu haben schien. Seit die trauernde Schwiegertochter mit ihrer Schwester Sophie zur Mutter in die Stadt gereist war, wo sie der Trostlosigkeit durch kurzweilige Vergnügungen in der Hamburger Gesellschaft entkommen wollte, gab es niemanden mehr, der die Zeit hatte, Henriette von Auental mit Gesprächen oder Unternehmungen zu erheitern. Es war die Hausdame Marina, die angesichts der zunehmenden Kraftlosigkeit ihrer Herrin anregte, jemanden einzustellen, dessen Aufgabe es ausschließlich sein sollte, der Witwe das Leben zu verschönen.

Die Idee gefiel Hendrik von Auental, aber er tat sich schwer darin, seine geliebte Mutter einer Fremden anzuvertrauen. Auch forderte diese Stellung jemanden von Bildung, edlem Charakter, Feingefühl und natürlicher Lebensfreude. Bei diesen Voraussetzungen kam ihm nur eine Person in den Sinn, und die Vorstellung diese bald jeden Tag um sich zu haben, erfüllte sein Herz mit unbändiger Freude. Doch wie konnte er annehmen, Lisa-Marie würde die Schule so kurz vor dem Abitur verlassen und seiner Bitte Folge leisten? Welch ein irrwitziger Gedanke. Unruhig nahm er ihren Brief zur Hand und las „Wann immer Du heute oder in der Zukunft meine Hilfe oder Unterstützung wünschst, werde ich zu Dir kommen." Das gab ihm den Mut, Lisa-Marie einen Brief zu schreiben.

***

Als Lisa-Marie die Zeilen überflog, die in sachlichen Worten die Situation auf Gut Auental und die Verfassung von Hendriks Mutter schilderten sowie die Frage stellten, ob sie bereit wäre, dort als Gesellschafterin eine Stellung anzunehmen, erkannt sie darin ein verborgenes Flehen, das in ihrer Seele keinen Zweifel aufkommen ließ, diesem Ruf zu folgen. Auch wenn deutlich wurde, dass Hendrik von Auental es nie an der nötigen Distanz fehlen lassen würde, beglückte Lisa-Marie allein die Vorstellung, in seiner Nähe zu sein.

Sie wusste, dass sie bei ihrem Vorhaben besonders auf das Verständnis ihrer Mutter hoffen konnte, denn diese hatte Lisa-Marie über ihrer Gefühle für Hendrik von Auental aufgeklärt. Charlotte würde ihrer Tochter niemals die Möglichkeit verwehren, eigene Erfahrungen zu sammeln, auch wenn diese schmerzhaft sein konnten, war die Mutter doch selbst erst durch Leid zu der Persönlichkeit gereift, die wahres Glück zu erkennen vermochte. Den Widerstand des Vaters fürchtete Lisa-Marie ebenfalls nicht, da dieser in Begeisterung über die Rückkehr seiner Frau nicht in der Lage war, irgendwelche Wünsche anderer auszuschlagen. Cora grinste nur auf neckische Art und versprach, mit einem Tross kämpferischer Freunde anzureisen, falls jemand auf Gut Auental ihre beste Freundin schlecht behandeln sollte.

Mit vor Aufregung zitternder Hand schrieb Lisa-Marie einen Brief an den Gutsherrn, worin sie versicherte, jede ihr gestellte Aufgabe mit Freude übernehmen zu wollen. Als sie ihn persönlich bei der Post abgegeben hatte, wanderte sie zu der Holzbank in den Alsterauen. Hier fand sie Zeit zu begreifen, wie sehr sich ihr Leben bald ändern würde. Freude über das baldige Wiedersehen mit Hendrik mischte sich mit der Einsicht, in der neuen Umgebung ganz auf sich allein gestellt zu sein, die gerade so lange vermisste Mutter und den geliebten Vater zurücklassen zu müssen. Doch tief in ihrem Innersten war sie sich gewiss, die richtige Entscheidung getroffen zu haben.

***

Als Lisa-Marie mit ihrem Cabrio auf die lange, von Eichen überschattete Allee einbog, an deren Ende das trutzige Gutshaus erschien, hielt sie an und lauschte den Gefühlen, die ihren Körper durchströmten. Dort erwartete sie eine unbekannte Welt, die in ihrem Brauchtum gefangen war, mit einer strengen Ordnung den Schein über das Sein stellte und keine menschlichen Schwächen duldete. Es war kein Ort für ungezwungene Herzlichkeit. Und doch schien der mächtige Bau sie mit der Verheißung zu locken, dort ihr Heim zu finden. So wich Lisa-Maries Unsicherheit einer stillen Freude, dem Bewusstsein von den finsteren Mauern sehnsüchtig erwartet zu werden.

Die Hausdame Marina öffnete ihr die Tür, begrüßt sie höflich, und musterte Lisa-Marie von oben bis unten mit einem abschätzenden Blick. Es war schwer zu erkennen, ob sie mit der Wahl des Gutsherrn einverstanden war, doch Lisa-Marie spürte, dass ihre Jugend zu Zweifeln Anlass gab. Marina bat sie, in der Bibliothek zu warten. Man würde Herrn von Auental über ihre Ankunft informieren. Lisa-Marie schmunzelte, denn sie wusste, dass dies nicht notwendig war, da sie bereits Hendrik von Auental im ersten Stock am Fenster gesehen hatte.

Allein in dem mächtigen Raum, dessen Wände vollständig von Regalen mit Büchern verdeckt waren, schaute Lisa-Marie sich neugierig um und entdeckte ihr bekannte klassische Werke wie auch Bücher, die zu lesen schon immer ihr Wunsch gewesen war. Dieser Hort des Wissens und der Literatur fesselte sogleich ihren hungrigen Geist und sie musste sich beherrschen, nicht sofort eines der Bücher aufzuschlagen und sich in dessen Worte zu versenken.

Der persönliche Sekretär führte Lisa-Marie über die geschwungene Holztreppe in das Büro seines Herrn im Obergeschoss. Hendrik von Auental stand aufrecht vor seinem Schreibtisch und empfing die junge Frau ohne eine Regung in seiner Miene zu zeigen. Lisa-Marie war erschrocken, wie sehr sich seine Züge verhärtet hatten und wie wenig dieser Mann noch an den heiteren, zu Scherzen aufgelegten Lehrer erinnerte. Doch ihr Gesicht durchzog ein zarter Schimmer der Seligkeit, was auch dem Hausherrn nicht verborgen blieb. So empfand er, dass schon allein Lisa-Maries Anwesenheit einen Teil der drückenden Last von seinen Schultern nahm.

Erst als der Sekretär gegangen war, schritt Hendrik von Auental auf die junge Frau zu und reichte ihr die Hand. Auch wenn er vorgehabt hatte, Lisa-Marie mit dem üblichen, kräftigen Händedruck zu begrüßen, gehorchten ihm seine Finger nicht mehr, als sich ihre sanft in seine schmiegten. Er suchte ihren Blick und erkannte darin dankbar die Wahrhaftigkeit ihrer Seele. Es kostete ihn Kraft, sich loszureißen und hinter seinem Schreibtisch Platz zu nehmen.

Lisa-Marie schlüpfte wie selbstverständlich in ihre Rolle als Angestellte des Hauses und lauschte aufmerksam den Anweisungen von Hendrik von Auental, dessen Stimme gebieterisch klang, doch dessen Augen mit Freude und Vertrauen auf ihr ruhten. Anschließend forderte er sie auf, sich seiner Mutter vorzustellen, erhob sich und geleitete Lisa-Marie zur Tür, was er niemals sonst für eine Bedienstete getan hätte. Als Lisa-Marie nach der Klinke griff, um die Tür zu öffnen, legte er behutsam seine Hand auf ihre, ohne sie dabei anzusehen.

Auf dem Flur wartete bereits die Hausdame Marina, um sie zu den Gemächern von Henriette von Auental zu begleiten. Lisa-Maries Gemüt war in gespannter Erregung ob ihrer ersten Begegnung mit Hendriks Mutter. Würde sie auf Anhieb die Sympathie der alten Damen gewinnen können oder würde diese, in Schwermut gefangen, ihr mit Ablehnung gegenüberstehen? War sie eine strenge, gebieterische Frau oder warmherzig und gütig?

Das Zimmer von Frau von Auental war, im Gegensatz zu den anderen, in lichten, hellen Farben gehalten, und über einen großen Balkon konnte man weit über den Park blicken. Dieser unerwartet freundliche Anblick erhellte Lisa-Maries Antlitz, während sie in gemessenen

Abstand zu der Hausherrin stehen blieb. Beide Frauen betrachteten sich mit Überraschung angesichts der erstaunlichen Jugend ihres Gegenübers. Während Henriette von Auental eine Gesellschafterin gesetzteren Alters erwartet hatte, glaubte Lisa-Marie eine honorige, alte Dame vorzufinden. Doch Henriette von Auental wirkte weit jünger als Ende Fünfzig, trug ihre langen, blond gesträhnten Haare locker hochgesteckt und war bequem in Jeans gekleidet.

Nachdem die Hausdame die Anwärterin vorgestellt hatte, verließ sie das Zimmer. Frau von Auental stand auf und reichte Lisa-Marie die Hand zur Begrüßung. Sie war beeindruckt von dem bescheidenen Stolz, der unschuldigen Selbstsicherheit dieser jungen Frau. Ihre Ablehnung gegen die von ihrem Sohn angeregte Gesellschaft wandelte sich in Wohlwollen, daher hieß sie Lisa-Marie mit warmen Worten auf Gut Auental willkommen. Den üblichen Plan, die Bewerberin einer ausführlichen Befragung zu unterziehen, gab Henriette von Auental bald auf, denn schon in der Liebe zur Natur und den schönen Künsten entdecken die beiden Frauen viele Gemeinsamkeiten. Sie plauderten munter und ungezwungen, und so kehrte ein wenig von der ihr eigenen Fröhlichkeit in die Witwe zurück.

Während sich Lisa-Marie und Henriette von Auental nun mit jedem Tag näher kamen, zog sich Hendrik von Auental immer weiter zurück. Er stand sehr früh auf, überwachte die Arbeiten auf dem Gutshof, doch verbrachte die meiste Zeit an seinem Schreibtisch im Arbeitszimmer. So bekam ihn Lisa-Marie häufig erst beim gemeinsamen Abendessen zu Gesicht und erkannte an Haltung und Miene, dass ihn große Sorgen drückten. Still und in sich gekehrt nahm er die Mahlzeiten ein, bemüht mit einem gelegentlichen Lächeln zu bekunden, dass er den fröhlichen Tagesberichten von Lisa-Marie und seiner Mutter lauschte. Aber Lisa-Marie spürte, dass sich hinter seiner geübten Beherrschung Niedergeschlagenheit verbarg. Es betrübte sie, den geliebten Mann so bedrückt zu sehen. Hin und wieder trafen sich ihre Blicke und knüpften ein Band tiefer Sehnsucht, dass Hendrik von Auental sogleich wieder zerschnitt.

***

Nachdem er sich ausgiebig in die Buchhaltung des Guts eingearbeitet hatte, musste Hendrik von Auental mit Entsetzen erkennen, dass sein Bruder Edgar nicht nur erfolglos mit dem Geld der Familie an der Börse spekuliert, sondern sich offensichtlich auch sehr großzügig gegenüber der Familie seiner Frau gezeigt hatte. Diese war zwar von adligem Geschlecht und untadeligem Ruf, jedoch ohne große finanzielle Mittel, seit der Ernährer der Familie gestorben und seine Frau und die beiden Töchter beinahe mittellos zurückgelassen hatte. Natürlich entsprach es dem Ehrgefühl derer von Auental sich um den Lebensunterhalt dieser, mit ihnen durch Heirat verbundenen Menschen zu kümmern. Allerdings hatte Edgar der Familie seiner Frau nicht nur eine luxuriöse Wohnung in einem der vornehmsten Stadtteile Hamburgs gekauft, sondern ihnen ebenfalls ein Haus in der Toskana überschrieben, von dem der verstorbene Hausherr wohl gedacht hatte, es einst als Altersruhesitz für sich und seine Frau zu nutzen.

Auch wenn der Gutshof ertragreich wirtschaftete, fehlte es Hendrik von Auental an Bargeld für notwendige Ausgaben zur Erhaltung der Anlagen. Sein Vater hatte immer darauf geachtet, dass ein ausreichendes Polster bei der Bank dafür sorgte, dass sie nie in Bedrängnis gerieten, doch durch Edgars verschwenderischen Geschenke an die Familie seiner Frau waren die flüssigen Mittel beinahe aufgebraucht und die Einnahmen deckten gerade die laufenden Kosten. Hinzu kam, dass die Banken ungern landwirtschaftliche Betriebe unterstützten und sich ausgesprochen geizig mit der Vergabe von Krediten, von denen bereits einige auf dem Anwesen lasteten, zeigten. Die Zukunft gehörte der Industrie. Dabei handelte es sich im Grunde um einen überschaubaren Betrag, den Hendrik von Auental vorübergehend benötigte, um die finanzielle Grundlage des Geschäfts wieder auf solide Füße zu stellen. Aber die Banken weigerten sich, diesen zu gewähren.

***

Lisa-Marie nahm bald durch ihr freundliches, zurückhaltendes Wesen nicht nur die Hausherrin, sondern auch das gesamte Personal für sich ein. Sie bewegte sich wie eine Familienangehörige frei in dem Gutsgebäude, und Henriette von Auental übertrug ihr sogar kleine Aufgaben, die die Haushaltsführung betrafen. Auch ging Lisa-Marie ihr bei der Beantwortung von Einladungen und anderem Schriftverkehr zur Hand. Gemeinsam lasen sie Gedichte, hörten klassische Musik und erweiterten ihr Wissen über Pflanzen und Blumen. Oft tönte auch das Lachen der beiden Frauen durch das Gutshaus. Ungezwungene Heiterkeit war mit Lisa-Marie in die Mauern zurückgekehrt.

Eines Nachmittags stand Lisa-Marie allein im Wohnzimmer am Fenster und sah hinaus auf den Park. Der Herbstwind trieb sein munteres Spiel mit den Blättern. Die schwarzen Äste der mächtigen Bäume ragten in den silbrigen Himmel eines vergehenden Tages. Mit Wehmut erkannte Lisa-Marie, wie sehr sie diesen Ort liebte. Auch wenn sie ihre Eltern vermisste, war ihr das Gut zur Heimat geworden. Nie zuvor hatte sie sich irgendwo so sicher und geborgen gefühlt. Im Hintergrund knisterte das Kaminfeuer, sodass Lisa-Marie nicht bemerkte, als Hendrik von Auental eintrat. Dieser erschrak in Erinnerung an die bekannte Szene, denn Lisa-Marie trug dasselbe blaue Kleid wie an ihrem ersten Tag in der neuen Schule, als er sie damals am Fenster beobachtet hatte.

***

Die Tatsache, dass ein junges Mädchen, eine einfache Angestellte, auf Gut Auental bisweilen die Aufgaben der Hausherrin übernahm, sprach sich bis nach Hamburg herum und erreichte auch Edgars Witwe und deren Schwester Sophie. Gerade Letztere empfand diese Entwicklung als beunruhigend, hatte sie doch geplant, nach einer angemessenen Zeit der Trauer auf das Gut zurückzukehren, um fortan an der Seite von Hendrik von Auental zu leben. Es war ihr immer ein Dorn im Auge gewesen, dass eine so gute Partie wie Edgar von Auental ihre Schwester als Gattin vorgezogen hatte. Sophie sah nicht nur verführerischer aus, sondern war auch wesentlich aufgeweckter. Doch Edgar entschied sich für die stille, naive Anna, was immerhin den Vorteil für deren Mutter und Schwester hatte, dass Anna leicht zu lenken war und damit ein gewisser Einfluss ausgeübt werden konnte. Doch den Makel, verschmäht und nicht selbst Herrin auf Gut Auental geworden zu sein, konnte Sophie nie verkraften.

Nun sah sie ihre Chance darin, Hendrik von Auental ihre Vorzüge als Ehefrau und Gutsherrin anzupreisen. Es war bekannt, wie anfällig er für weibliche Reize war, und Sophie scheute sich nicht, diese einzusetzen, um zu verhindern, dass ihre Familie in den finanziellen Abgrund stürzte und damit ihr hohes Ansehen verlor. In der Hamburger Gesellschaft hatte sich bereits herumgesprochen, dass die Familie von Reuther über ihre Verhältnisse lebte, was ihnen so manche Tür verschloss und Sophie große Schwierigkeiten bei der Wahl eines geeigneten Ehemannes bereitete. Zwar warben einige neureiche

Sprösslinge um sie, aber ihr Stolz ließ eine Verbindung unter ihrem Stand nicht zu. Sie trachtete in gleichem Maße nach angemessenem gesellschaftlichen Ansehen wie nach einem sorgenfreien Auskommen.

Sophie war sich gewiss, dass Hendrik von Auental eine Verbindung mit ihr nicht ablehnen konnte. Auf geschickte Weise hatte sie einst Edgar das Geheimnis entlockt, warum Hendrik das Gut verlassen und mit der Familie gebrochen hatte. Niemals würde Hendrik von Auental zulassen, dass das tragische Ableben der Pfarrerstochter Luisa den Ruf seiner Familie zerstörte. Und sollten ihre Reize nicht ausreichen, ihn von einer Ehe mit ihr zu überzeugen, fühlte Sophie sich gezwungen, ihr Schweigen an diese Bedingung zu knüpfen. Nun sah sie die Zeit für gekommen, ihr Vorhaben umzusetzen.

Die Rückkehr von Edgars Witwe Anna und ihrer Schwester Sophie kam überraschend. Da Henriette von Auental einen Arzttermin wahrnahm, begrüßt Lisa-Marie die Ankömmlinge im Wohnzimmer. Sophie war entrüstet und zischte ihrer Schwester zu, dass es untragbar sei, dass sie vom Personal in den herrschaftlichen Räumen empfangen wurden und verlangte sofort nach Hendrik von Auental. Dieser ließ sich jedoch mit dringenden Geschäften entschuldigen.

Lisa-Marie war erschrocken über die deutliche Ablehnung, die Sophie ihr entgegenbrachte. Freundlich erklärte sie, dass die Gutsherrin einige

Pflichten an sie abgetreten habe, da die Erschütterung durch die Todesfälle sie noch etwas schwächte. Daraufhin verkündete Sophie, dass sie in Vertretung ihrer noch trauernden Schwester Anna ab sofort Henriette von Auental entlasten würde. Es sei schließlich gegen jeden Anstand, dass eine unerfahrene Gesellschafterin, zu dem noch eine sehr junge, sich derart in den Vordergrund spielte.

Doch Lisa-Marie ließ sich nicht so leicht einschüchtern, sondern erklärte, dass diese Entscheidung wohl Henriette von Auental obliege. Dann bat sie die Hausdame Marina, den beiden Frauen ihre Zimmer anzuweisen, damit sie sich einrichten konnten. Der wütend durchbohrende Blick von Sophie stieß bei Lisa-Marie auf eine Mauer von Güte. Allerdings wurde ihr in diesem Augenblick klar, dass sie sich in einer Gesellschaft bewegte, zu der sie durch niedere Geburt nie gehören durfte. War das Wohlwollen von Henriette von Auental vielleicht nur Höflichkeit? War es naiv von ihr, die Umgebung eines alten Adelsgeschlechts als Zuhause zu empfinden?

Lisa-Marie hatte sich nie als über dem Personal stehend empfunden und gleichzeitig auch nie als Untergebene. Sie tat ihre Pflichten mit Freude und unterstützte Henriette von Auental gern in allen Belangen. Sie scheute sich, weder ihr Bett selbst zu machen, noch der Köchin Anweisungen für das Abendessen zu geben. Ihre Achtung vor Menschen kannte keine Ungleichheit. Vielleicht fehlte ihr tatsächlich die Eignung für eine Gesellschaft, die strengen Regeln der Über- und Unterordnung folgte. Andererseits erlebte sie, dass alle Angestellten sie mit sehr viel Respekt behandelten. Bisher hatte keiner je ihre Stellung als Vertraute von Henriette von Auental infrage gestellt.

Beim Abendessen unterhielt Sofie die Gesellschaft mit Neuigkeiten aus der Hamburger Kunst- und Theaterwelt, weil sie wusste, dass sie Henriette von Auental damit beeindrucken konnte. Auch kannte sie Hendriks Vorliebe für diese Themen. Doch dieser beschränkte sich, meistens geistesabwesend, auf wohlerzogene Anmerkungen. Selbst Anna beteiligte sich nicht an dem Gespräch, weil ihr langsam deutlich wurde, dass ihre Schwester die Absicht verfolgte, nun endlich die Position auf Gut Auental einzunehmen, die Anna ihr damals, durch ihre Heirat mit Edgar, abspenstig gemacht hatte. Dabei hatte Sophie wohl nie begriffen, dass Anna ihrem Mann aus wahrer Liebe und nicht aus Berechnung, wie man ihr unterstellte, das Ja-Wort gegeben hatte. Der offen zur Schau getragene Neid Sophies konnte ihr, solange Edgar an ihrer Seite gewesen war, nichts anhaben. Nun fühlte sich Anna einsamer als je zuvor.

Schon bald schmeichelte Sophie Hendrik von Auental die Aufsicht über den Gutshaushalt ab, was das Personal wenig erfreute. Weder Henriette von Auental noch Anna hatten sich je auf so herrische und überhebliche Weise gegenüber den

Untergebenen verhalten. Schon bald wünschten diese hinter vorgehaltener Hand die selbsternannte Herrin zum Teufel. Aber es musste Sophie zugutegehalten werden, dass ihre strenge Zucht einen reibungslosen und ordentlichen Ablauf gewährleistete.

Henriette von Auental meinte, Lisa-Marie durch diese Maßnahme zu entlasten und freute sich über weitere Gesellschaft im Hause. Sie argwöhnte nicht, als Sophie sie vermehrt drängte, gemeinsam mit Anna in Hamburg kulturelle Veranstaltungen zu besuchen. Aber dies geschah allein mit der Absicht, ungestört walten zu können und dabei Lisa-Marie deutlich zu zeigen, dass für sie kein Platz auf Gut Auental war.

So saß Lisa-Marie, jeglicher Aufgabe beraubt, an einem sonnigen Herbstnachmittag gewärmt durch die Stola von Cora im Pavillon am See und schaute träumend auf das Wasser. Die Schwermut von Hendrik von Auental ging ihr nicht aus dem Sinn. Wie konnte sie ihm helfen, wenn sie nicht wusste, was ihn bedrückte? Warum sah er sie oft so traurig, beinahe flehentlich an? War es nicht Zeit, zu ihm zu gehen, und ihn nach seiner Bedrängnis zu fragen?

Unvermutet erschien Hendrik von Auental und setzte sich neben Lisa-Marie. Als sie sich anschauten, sprach aus ihren Blicken dieselbe Vertrautheit, die sie von ihren Treffen in den Alsterniederungen kannten. Es bedurfte keiner Worte, als er zart ihre Hand nahm und in seiner hielt. Dann erzählte Hendrik von Auental Lisa-Marie von seinen Geldsorgen, ohne die Ursachen dafür zu nennen. Er berichtete von der Gnadenlosigkeit der Banken und dass er keine andere Lösung fand, als ein Teil des Landes zu verkaufen, welches seit Generationen im Besitz der Familie war.

Es war nicht die Angst vor der eigenen Verarmung, die Hendrik von Auental verzweifeln ließ, denn er hatte gern als Lehrer für seinen Lebensunterhalt gearbeitet und fand wenig Gefallen an dem Luxusleben der gehobenen Gesellschaft. Überdies war seine Familie noch weit von der Mittellosigkeit entfernt. Doch er fürchtete die Erwartungen, die an das Familienoberhaupt gestellt wurden, nicht zu erfüllen. Jahrhunderte lang hatten die Gutsherren das Anwesen bewirtschaftet, erhalten, das Vermögen vermehrt und allen Menschen, die damit zusammenhingen, ein Auskommen gesichert. Nun würde er gezwungen sein, das Land seiner Ahnen teilweise in fremde Hände fortzugeben. Obwohl ihn keine Schuld an dem finanziellen Engpass traf, verbot ihm der Schutz der Ehre seines Bruders, den Grund preiszugeben. So würde man allein ihm Misswirtschaft vorwerfen.

Auch wenn Hendrik von Auental es sich anfangs nicht eingestehen wollte, fühlte er eine starke Bindung an das Gut und dessen Menschen. Zwar war es Edgar gewesen, der auf die Aufgaben eines Familienoberhaupts vorbereitet wurde, doch seit Hendrik diese Obliegenheiten übernommen hatte, erkannte er, wie sehr er in Traditionen eingebunden war, dass er viele Regeln und Werte mit der Muttermilch aufsogen hatte. Die Pflichten des Gutsherrn standen nun über seinen eigenen Wünschen.

Lisa-Marie spürte, dass Hendrik von Auental die Schuld an der prekären Lage bei sich selbst suchte. Er fühlte sich unwürdig, der Herr über das elterliche Gut zu sein. Die ungewohnten Tätigkeiten verbunden mit einer großen Gewissenhaftigkeit zehrten an seinem Selbstwert. Die frohe Leichtigkeit seines Gemüts, die ihn sein Leben lang begleitet hatte, war unter der Last der Verantwortung in die Knie gesunken. Lisa-Marie hätte ihm gern ihre Liebe gestanden, in der aufrichtigen Absicht, Hendrik von Auental damit Kraft zu geben, sich in der Gewissheit aufgehoben zu fühlen, dass es einen Menschen gab, der ohne Eigennutz und Forderungen jede Herausforderung mit ihm tragen wollte. Aber sie ahnte, dass die Zeit für eine solche Offenbarung noch nicht gekommen war. Eher würde sie dadurch das feine Band der inneren Verbundenheit zerreißen.

Lisa-Marie schmerzten die Sorgen des geliebten Mannes so sehr, dass sie ihm helfen musste. Also schmiedete sie einen Plan. Noch am selben Nachmittag rief sie Cora an und bat sie, auf Gut Auental vorbeizukommen. Dort würde sie ihr den

Smaragd, den Lisa-Marie immer bei sich trug, übergeben, damit sie diesen zu einem möglichst hohen Preis verkaufte. Cora war entsetzt von diesem Vorhaben, kannte ihre Freundin jedoch gut genug, um zu wissen, dass ihre Entschlüsse wohldurchdacht und unumstößlich waren. Nur Cora, die durch ihre Kontakte nach St. Pauli und den Verbindungen zu gewissen Kreisen, die sie zwar leugnete, aber dennoch bestanden, war es möglich, diese Idee umzusetzen. Obwohl Cora diesmal an dem Verstand ihrer Freundin zweifelte, versprach sie, sich der Angelegenheit eilig und mit Nachdruck anzunehmen.

***

Sophie versuchte weiterhin alles, um Hendrik von Auental für sich zu gewinnen. In verführerischer Kleidung erschien sie abends in seinen Räumen, umwarb ihn mit weiblicher Finesse und suchte ihn mit Worten zu betören. Doch nach einiger vergeblicher Mühe erkannte Sophie schließlich, dass sie keinen Weg zu seinem Herzen fand. Alle Anstrengungen prallten an Hendrik von Auentals Unnahbarkeit ab. Obwohl er stets höflich blieb, ließ er keinen Zweifel daran, dass er Sophie nicht als Frau an seiner Seite wünschte.

Schließlich sah Sophie keinen anderen Weg, als mit dem Trumpf des Wissens in den Kampf zu ziehen. Es war bereits spät, als sie Hendrik von Auental, der sich noch in seinem Arbeitszimmer verkrochen hatte, dort aufsuchte. Wohlerzogen erhob er sich von seinem Schreibtisch und begrüßte sie, doch war an seiner Haltung Unmut über die Störung zu erkennen. Sophie sah sich ob dieser Ablehnung gezwungen, ihr Anliegen ohne Umschweife kundzutun. Da Henriette von Auental noch schwächelte und Anna bereits Vorbereitungen für die Abreise mit ihrer Mutter in die Toskana traf, brauchte das Gut dringend eine legitime Herrin. Zweifelsohne konnte diese Position nur von einer Dame aus entsprechend adligen Kreisen wahrgenommen werden. Sophie bot sich an, diese Aufgabe zu übernehmen. Allerdings könnte ihr Ruf Schaden nehmen, wenn sie über längere Zeit mit einem Junggesellen unter einem Dach lebte. Daraus ergäbe sich zwingend eine Verbindung zwischen ihr und Hendrik von Auental durch Heirat.

Der Hausherr schwankte bei diesen Ausführungen zwischen ungläubigem Erstaunen und Empörung. Niemals hatte er Sophie Anlass gegeben, sich derartige Hoffnungen zu machen. Schließlich brach er in schallendes Gelächter aus. Sophie war ob dieser Missachtung bis ins Mark erschüttert. Hatte sie jemals Bedenken gehabt, sich ihre Position durch Niedertracht zu erkämpfen, waren sie nun verflogen. Mit zitternder Stimme drohte sie Hendrik von Auental seine Affäre und das tragische Ende der Pfarrerstochter Luisa öffentlich zu machen, wenn er sie nicht ehelichte.

Diese Drohung ließ Hendrik von Auental betroffen in seinen Sessel sinken. Musste der Fluch der bösen Tat seine Familie ewig verfolgen? Fassungslos starrte er Sophie an, deren Antlitz ein hämisches Grinsen entstellte. Konnte es tatsächlich sein, dass sie die Ehe mit einem ungeliebten Mann eingehen würde, nur um sich eine gehobene gesellschaftliche Stellung und Wohlstand zu sicher? Aber war es nicht genau das, was Hendrik von Auental ebenfalls anstrebte? Eine standesgemäße Verbindung ohne Gefühle, nur der Tradition gehorchend? Seine oberste Pflicht war es, die Familie und ihr Ansehen zu schützen.

Entschlossen erhob er sich, straffte seinen Rücken und ging zu Sophie, die angesichts seiner nun wieder imposanten Erscheinung ein wenig zurückwich. Betont förmlich nahm er ihre Hand, beugte sich vor zu einem Kuss und verkündete streng, dass er zu Weihnachten die Verlobung bekannt geben würde. Dann bat er Sophie mit eisiger Höflichkeit, sich wieder seiner Arbeit widmen zu dürfen.

Auch Henriette von Auental hatte in dieser späten Stunde mit ihren Sohn reden wollen, da ihr seine Bedrückung nicht entgangen war und wurde so durch die nur angelehnte Tür Zeuge des Gespräches. Eilig huschte sie davon, als Sophie das Zimmer verließ und verschwand in ihrem Gemach. Dort ließ sie sich zitternd in einem Sessel nieder und versuchte zu begreifen, was sie belauscht hatte. Ihr Mann hatte ihr einst den tragischen Vorfall um Luisa gestanden, da er nicht fähig war, diese Last allein zu tragen. Zwar hatte sie ihm schwere Vorwürfe nicht erspart, doch erkannte sie auch, dass er den Weg gewählt hatte, den ihn seine Pflicht wies. Wer hätte ahnen können, dass das arme Mädchen so elendig sterben würde?

Henriette von Auentals Augen füllten sich mit Tränen bei der Einsicht, dass ihr geliebter Sohn in den Fesseln von Schuld und Familientradition gefangen war. Mussten denn alle Herren von Gut Auental ihren Frohsinn durch Pflichterfüllung einbüßen? Hätte sie nicht schon ihren Mann ermutigen sollen, die heiteren Seiten des Lebens nicht auf dem Altar der Verantwortung zu opfern? Andererseits hatten Gewissenhaftigkeit und Selbstbeherrschung verbunden mit einem strengen Familiensinn das Geschlecht derer von Auental über Jahrhunderte verbunden und ihren Wohlstand bewahrt. In diesem Bewusstsein wurden die Kinder erzogen und so konnten sich selbst entfernte Verwandte darauf verlassen, stets in dieser Gemeinschaft aufgehoben zu sein.

Unvermittelt kam ihr Lisa-Marie in den Sinn, wie sie sich mit Leichtigkeit und Freude auf Gut Auental eingebunden hatte, so als wäre sie schon immer ein Teil der Familie gewesen. Ohne edle Abstammung verkörperte sich dennoch jenen Stolz und jene tugendhafte Anmut, denen das Personal eine selbstverständliche Achtung zollte. Die Blicke, die sich ihr Sohn und Lisa-Marie gelegentlich zuwarfen, waren Henriette von Auental nicht entgangen und hatten die Hoffnung in ihr geweckt, dass Hendrik mit dieser jungen Frau zwar keine standesgemäße aber eine würdige und liebevolle Partnerin gewinnen würde. Nun schien es jedoch, als hätte die Pflicht, den guten Namen zu schützen, für den Gutsherren einen anderen Weg bestimmt.

***

Sophie würde ihre Aufgaben auf Gut Auental sicher den Regeln entsprechend erfüllen. Das gewährleisteten eine perfekte Ausbildung und ihr Ehrgeiz, die mit dieser Ehe einhergehende gesellschaftliche Stellung ohne Makel auszufüllen. Sie war eine außergewöhnlich attraktive Frau und würde es ihrem Mann sicher nicht schwer machen, das Gutshaus bald mit Nachwuchs zu füllen. Doch hatte Sophie schon vor langer Zeit ihre Gefühle hinter den Erwartungen ihrer Mutter zurückgestellt und spielte eine Rolle, die ihr wahres Ich verbarg. Sophie würde es nicht einmal ihrem Ehemann gestatten, hinter diese Fassade zu blicken. So würden sie als Fremde nebeneinander her leben, stets bemüht den Ansprüchen zu genügen, die von ihrer Herkunft an sie gestellt wurden.

Eines Nachmittags, als der Gutsherr, seine Mutter und auch Lisa-Marie auswärtige Termine wahrnahmen, beschloss Sophie einem Spaziergang über das Anwesen zu machen, das sie bald auch ihr eigen nennen durfte. Es zog sie zu jenem, ihr noch unbekannten Bereich der Landwirtschaft und Stallungen. Mit erhobenem Haupt schritt sie einher und erfreute sich an dem Bewusstsein des zukünftigen Besitzes so sehr, dass die ungewohnten Ausdünstungen des Viehs ihrer feinen Nase sogar schmeichelten. So führte sie ihr Weg in einen Stall, in dem die Zuchtpferde beherbergt wurden. Zwar fühlte sie sich wenig zu Tieren hingezogen, doch war ihr der Wert der edlen Stuten durchaus bewusst.

Aus dem Zwielicht des Schattens erschien plötzlich der Gutsverwalter hinter ihr und fragte sie in barschem Ton, was sie dort suche. Sophie straffte ihre Schulter, um den ungehobelten Angestellten in herablassenden Worten über ihre Stellung auf diesem Gutshof aufzuklären und drehte sich zu ihm um. Vor ihr stand ein Mann von beachtlicher Größe, mit durch harte Arbeit gestähltem Körper und einem Gesichtsausdruck, der ein durch das Wissen um die eigenen Fähigkeiten geprägtes Selbstbewusstsein spiegelte. Sophie war unfähig nur einen Ton herauszubringen. Der Blick aus seinen stahlblauen Augen ließ sie erröten, doch war Sophie nicht in der Lage, auch nur den Kopf zu senken. Wie ein kleines Mädchen stand sie vor dem Gutsverwalter und fühlte ein inneres Beben, als seine Lippen ein Lächeln gebaren.

***

Viktor Steiner lebte seit seiner Geburt auf dem Gutshof. Seine Mutter, eine eigenwillige, aber sehr liebenswerte und fleißige Dienstmagd, war eines Sommers in eine leidenschaftliche Liebe zu einem Saisonarbeiter aus Irland verfallen. Neun Monate später erblickte ein strammer Junge das

Licht der Welt, den sie Viktor nannte. Es war ein Glück für den Buben, dass sich der alte Gutsverwalter seiner annahm und ihn wie einen Ziehsohn behandelte. Erst viel später wurde Viktor klar, dass für den Eifer des Verwalters auch eine schüchterne Anbetung der jungen Mutter ursächlich war.

Der landwirtschaftliche Bereich des Gutes war von Anfang an Viktors Zuhause. Er kannte jeden Stein, jede Pflanze, jede Blume, jedes Tier. Mit scharfer Beobachtungsgabe erfasste er die notwendigen Arbeiten und ihre Zusammenhänge. Die Gesetze der Natur wurden Teil seines Wesens, die Unvermeidlichkeit des Werdens und Vergehens, der Geburt und des Todes. Mit feinem Instinkt deutete er die Zeichen am Himmel und konnte das Wetter erahnen. Und zu den Tieren hatte er eine beinahe übersinnliche Verbindung, die selbst dem Tierarzt Bewunderung abrang.

Später wurde Viktor bewusst, welche anderen Aufgaben zu bewältigen waren, um ein so großes Anwesen zu bewirtschaften. Seine Rechenfertigkeiten schulte er an dem Schreibtisch seines Lehrmeisters bei Bestellungen von Saatgut und Futtermitteln. Statt Kinderbüchern las er landwirtschaftliche Fachzeitungen. Nebenbei eignete er sich die Fähigkeiten eines Mechanikers für Landmaschinen an und reparierte sogar fachmännisch die Stallungen. Das Gut wurde nicht nur sein Zuhause sondern seine Heimat.

Gleichzeitig vergaß Viktor nie, dass seine Mutter und er von dem Wohlergehen der Familie von Auental abhängig waren. Durch den Gutsherren lernte er Strenge und Nachsicht, Verantwortung und Pflichtgefühl. Das Anwesen beherbergte eine Gemeinschaft, die nur erhalten werden konnte, wenn jeder seine Aufgaben gewissenhaft und ordentlich erfüllte. Doch alle mussten darauf vertrauen können, dass auch der Gutsherr dieser Regel folgte. Und es prägte Viktor, dass sich die Herren von Auental stets als Diener ihres Anwesens betrachteten.

Als der alte Gutsverwalter sich entschloss, in den Ruhestand zu gehen, war Viktor mit noch nicht einmal 30 Jahren eigentlich zu jung, um einen derart verantwortungsvollen Posten auszufüllen, aber der Alte setzte sich mit solcher Überzeugungskraft für seinen Nachfolger ein, dass Herr von Auental schließlich einwilligte. Ein Entschluss, mit dem Viktor den zweitwichtigsten Posten auf dem Gut verliehen bekam und den niemand je bereute.

Trotz seiner gehobenen Position auf Gut Auental war es Viktor nie in den Sinn gekommen, sich mit den adligen Herrschaften gemein zu machen. Für ihn gab es eine klare Trennungslinie zwischen Herrschenden und Dienenden, die er nie infrage stellte. Zufrieden bewohnte Viktor etwas abseits ein gemütliches Haus, von dem aus er das Geschehen zwischen den Stallungen im Blick hatte. An den Wochenenden pflegte er Umgang mit den Bauern aus dem Dorf und nahm an allerlei Vergnügungen teil. Auch wenn verschiedene Frauen seine Gunst gewannen, blieben sie doch nur Wegbegleiterinnen. Viktor galt als verlässlicher Freund, doch keinem Weib gelang es, sein Herz dauerhaft zu entflammen.

***

Der Anblick von Viktor Steiner löste in Sophie eine Flutwelle des Verlangens aus, die jede Vernunft hinfort spülte und die Mauern ihrer Fassade jäh zum Einsturz brachte. Das Blut pulsierte aufgebracht in ihren Adern und Tränen unerklärlicher Sehnsucht füllten ihre Augen.
Mit zitternden Knien sank Sophie von Reuther in sich zusammen. Doch bevor ihr Körper den Boden berühren konnte, fingen Viktors starke Arme sie auf. Leicht wie eine Feder hob er sie empor, sodass ihre Gesichter einander ganz nah waren. In selbstverständlicher Erfüllung fanden sich ihre Lippen zu einem nicht enden wollenden Kuss.

Wenn es eine Macht gab, die alle geltenden Regeln außer Kraft setzte, dann war es die Liebe, die sich im Gewand der Begierde offenbarte. Weder Sophie noch Viktor hätten eine Verbindung, die sich über die festgesteckten, gesellschaftlichen Grenzen hinaus bewegte, jemals in Erwägung gezogen. Sie hätten dergleichen stets für sich und andere als unschicklich abgelehnt. Doch in diesem Moment hatten Anstand und Sitte ihre Bedeutung verloren. Beide ergaben sich dem Rausch inbrünstiger

Erregung, fanden sich in selbstvergessener Wollust.

***

Hendrik von Auental konnte den Anblick von Lisa-Marie nicht mehr ertragen. Voll Schmerz musste er sich eingestehen, dass die Gefühle, die ihn zur ihr hinzogen, weit mehr waren als nur innige Freundschaft. Der Wunsch Lisa-Marie in seinen Armen zu halten, sie zu liebkosen, ihr seine hingebungsvolle Liebe zu schenken, wuchs mit jedem Tag der bitteren Erkenntnis, dass er sein Leben an der Seite einer anderen Frau verbringen musste. Auch wenn er ahnte, dass diese Qual kein Ende nehmen würde, bat er Lisa-Marie zu einem Gespräch.

Der Tratsch des Personals hatte Lisa-Marie schon zu Ohren gebracht, dass demnächst Sophie zur legitimen Herrin von Gut Auental erkoren werden würde, doch wollte sie diese Gerüchte nicht glauben. Die heimlichen Blicke und wenigen Momente der eindringlichen und wahrhaftigen Nähe hatten Lisa-Marie immer bedeutet, dass auch Hendriks Herz für sie schlug. Geduldig wollte sie abwarten, bis sein Gemüt von den ärgsten Sorgen und der Trauer um Vater und Bruder befreit war, damit er sich zu ihr bekennen konnte. Für Lisa-Marie war die Liebe, die beide verband, über jeden Zweifel erhaben.

Sie erschrak, als sie Hendriks Arbeitszimmer betrat und sein aschfahles Gesicht gewahrte. Er erhob sich nicht einmal aus einem Sessel hinter dem Schreibtisch, sondern wies sie mit einer Geste an, ebenfalls Platz zunehmen. Dabei war er kaum in der Lage, ihr in die Augen zu sehen. Die Luft war getränkt von Leid und Pein. Lisa-Marie wollte aufspringen, der Ungewissheit durch Offenbarung ein Ende machen, dem Kummer ihre Liebe entgegensetzen, doch der verzweifelt um Verständnis flehende Blick von Hendrik von Auental ließ sie verharren. Um Beherrschung ringend setzte er Lisa-Marie mit sachlichen Worten davon in Kenntnis, dass ihre Dienste auf Gut Auental nicht mehr benötigt wurden.

Sie verstand deutlich, was er sprach, doch wollte die Nachricht ihren Geist nicht erreichen. Verwirrung umnebelte ihre Sinne. Gerade in diesem Moment spürte sie so deutlich wie noch nie Hendriks Liebe zu ihr und dennoch verwies er sie des Guts. Was ließ diesen wundervollen, starken Mann seine Gefühle verleugnen? Musste er tatsächlich seine Seele verkaufen, um die Ländereien seiner Familie zu retten? Ach, wäre doch schon der Smaragd verkauft.

Hendrik von Auental stand mühsam aus seinem Sessel auf und sah aus dem Fenster. Mit Bitterkeit in der Stimme verkündete er, dass er Sophie von Reuther zu seinem Eheweib gewählt habe und sie fortan alle Pflichten als Gutsherrin übernehmen werde. Er danke Lisa-Marie für ihre Unterstützung, ohne sich ihr zuzuwenden, wobei seine Stimme im Schmerz drohte zu ersterben. Dann breitete sich wie eine Mahnung zur Umkehr eine unerträgliche Stille in dem Raum aus. Die Erinnerungen an gemeinsame Stunden, vertrauensvolle Gespräche und schüchterne Zärtlichkeiten folterte die Herzen.

Schließlich wand sich Hendrik von Auental Lisa-Marie wieder zu, leidlich gestützt von dem Panzer seines Pflichtgefühls, wünscht ihr Glück für die Zukunft und forderte sie so auf, den Raum zu verlassen. Die junge Frau erhob sich und die Wahrhaftigkeit ihrer Liebe malte ein beinahe überirdisches Lächeln auf ihr Gesicht. Kein Vorwurf in den Augen störte die Klarheit ihres Wesens. Auch forderte sie nicht Hendriks Hand zum Abschied, sondern entschwand mit höflichen Worten des Dankes. Doch zurück blieb, gleich eines zarten Duftes, ein Traum von Seligkeit, dem zu entkommen der Gutsherr seine Gefühle in einen düsteren Kerker des Geistes verbannte.

Auch die Gewissheit, dass Hendrik von Auental ihre ehrliche Zuneigung erwiderte, konnte Lisa-Marie nicht von der Verzweiflung befreien, nun seine Nähe zu verlieren und eine andere Frau an seiner Seite zu wissen. Demütig erkannte sie, dass das Schicksal einen anderen Weg für sie gewählt hatte, blieb aber in ihrer Überzeugung fest, dass der Herrgott die wahre Liebe nicht auf ewig trennen würde. So wie bei ihren Eltern forderte vieles im Leben Geduld.

Der Abschied von Gut Auental fiel Lisa-Marie schwer und zeigte zudem deutlich, wie viel Wohlwollen, ja Zuneigung, ihr von dem Personal entgegengebracht wurde. Henriette von Auental hatte beschlossen, das Opfer ihres Sohnes für den Ruf der Familie anzuerkennen und ließ daher Lisa-Marie nur jene Aufmerksamkeit zuteilwerden, die einer Angestellten gebührte. Doch konnte sie nicht umhin, den Verlust dieses frohen, natürlichen Menschen von Herzen zu bedauern.

Gerade am Tag von Lisa-Maries Abreise erschien Cora auf dem Gut und teilte ihr freudestrahlend mit, dass sie den wertvollen Stein für einen sehr guten Preis verkaufen konnte. Zur Bestätigung öffnete sie eine Tasche angefüllt mit gebündelten Geldscheinen. Lisa-Marie brachte es nicht fertig, der Freundin zu berichten, dass sie das Anwesen verlassen musste, zumal sie noch immer die Absicht hatte, mit dem Erlös Hendrik von Auental zu helfen. Also war sie voll des Lobes für Coras Geschäftssinn und teilte ihr mit, dass sie beide bald Gelegenheit haben würden, sich ausführlicher zu unterhalten, da Lisa-Marie die Tage bis Weihnachten bei ihrer Familie verbringen wollte.

Sie packte die Geldbündel in Geschenkpapier ein und legte sie in einem unbeobachteten Moment auf den Schreibtisch in Hendriks Arbeitszimmer. Niemand sollte erfahren, von wem diese großzügige Gabe kam. Dann bestieg Lisa-Marie ihr Cabrio und fuhr begleitet von dem Winken der Dienstboten über die lange Allee davon. Sie musste sich nicht umschauen, um zu wissen, dass Hendrik von Auental am Fenster stand. Vielleicht ahnte sie auch seine Tränen. Doch etwas in Lisa-Marie gab ihr Gewissheit, dass sie zurückkehren würde.

***

Hendrik von Auental hatte schon seit Längerem eine Veränderung an seiner zukünftigen Frau Sophie bemerkt. Ihr oft steifes, um Ordnung bemühtes Betragen war einer wohlgelaunten Leichtigkeit gewichen, die Fehler des Personals mit Milde übersah. Bisweilen fand er sie, beseelt träumend aus dem Fenster schauend, vollkommen der wahren Welt entrückt. Selbst die Züge ihres schönen Gesichtes wurden nun von Liebreiz belebt. Die Ursache dafür wähnte Hendrik von Auental in der bevorstehenden Verlobung, und es plagte ihn sein Gewissen, denn auch dieser neuen Sophie konnte er nicht mehr entgegenbringen, als seine Erziehung und seine Entscheidung von ihm verlangten. Allerdings meinte er auch, ihr große Dankbarkeit zu schulden, da er glaubte, der rettende Geldbetrag, der die Banken beruhigt und die finanziellen Sorgen gebannt hatte, wäre von Sophie gekommen.

Den vielen Augen des Gutes jedoch blieb es weder verborgen, dass die neue Gutsherrin häufig zwischen den Stallungen verschwand, noch dass der sonst eher abgeklärte Verwalter vermehrt sehr aufgeräumter Stimmung war. Die Gerüchteküche brodelte und nicht zuletzt dieser Umstand zwang Sophie zum Handeln.

Mit aller Kraft hatte sie versucht, sich gegen die Gefühle zu wehren, die seit ihrer ersten Begegnung mit Viktor Steiner ihr Herz und ihre Seele knechteten. Diese unbekannte Leidenschaft brachte alle ihre Grundsätze erst ins Wanken und dann zum Einsturz. Sophies Verstand zuckte noch in den Fesseln alter Regeln und Bräuche, bis er schließlich erkannte, dass die Liebe mächtiger war.

Auch Viktor verfluchte, dass seine Begierde zügellos die geltende Ordnung brach. Ein unwürdiger Verräter war, wer die Verlobte des Gutsherrn anrührte. Wenn auch Sophies süße Hingabe seine Zweifel schmelzen ließ, war er sich doch bewusst, dass er mit dieser Verbindung seine Heimat und seine Arbeit verlieren würde. Beides bedeutete seinen Lebensinhalt, den er nun für Sophie opferte. Jeder Versuch der Liebenden, ihre Beziehung zu beenden, um das zu retten, was bisher ihr Dasein bestimmt hatte, scheiterte bereits an dem Gedanken an Trennung. Und schmachvoll mussten sie erkennen, dass die Kräfte, die sie trieben, hemmungslos ihre wohl gehüteten Werte zu Nichtigkeiten degradierten.

Eines Abends suchte Sophie Hendrik von Auental in seinem Arbeitszimmer auf und bat um ein Gespräch. So ernst und verletzlich hatte der Hausherr seine Verlobte noch nie gesehen. Das berührte ihn auf merkwürdige Weise. Gleichzeitig bemächtigte sich seiner eine gewisse Unruhe, obwohl er vermutete, dass es sich um eine Unterredung über die bevorstehende Verlobung handeln würde.

Mit leiser, aber deutlicher Stimme bat Sophie Hendrik um Vergebung dafür, dass sie ihn mit einer niederträchtigen Erpressung zu einer Heirat gedrängt hatte, obwohl ihr bewusst gewesen war, dass sie beide keine aufrechten Gefühle füreinander hegten. Sie hatte selbstsüchtig, hinterhältig und unwürdig gehandelt und dabei die Verletzungen anderer Menschen in Kauf genommen. In ernsthafter Reue entband sie Hendrik von Auental von seinem Versprechen.

Der Gutsherr war wie vom Donner gerührt. Konnte es sein, dass der Fluch von seiner Familie genommen worden war? Doch was bewegte Sophie zu dem plötzlichen Geständnis ihres Unrechts? Bevor Hendrik von Auental weitere Mutmaßungen anstellen konnte, offenbarte Sophie ihm ihre Liebe zu Viktor Steiner und bat ihn inbrünstig, den treuen Gutsverwalter nicht unter ihrer Niedertracht leiden zu lassen, da ihm seine Arbeit alles bedeutete. Ihre Tränen gebadeten Augen baten um Vergebung und Verständnis.

Hendrik von Auental brauchte einen Moment, um die neue Situation in ihrer Tragweite zu begreifen. Dann war es ihm, als würden alle Ketten in seinem Innersten gesprengt. Eine erwartungsfrohe Freude nahm Besitz von ihm. Das Schicksal hatte eine Tür aufgerissen, aus der Erinnerungen und Erkenntnisse stürmten.

Natürlich hätte er das Geschenkpapier um die Geldbündel erkennen müssen. Es gehörte Lisa-Marie. Dieser Name klang in ihm wie Erfüllung und Prophezeiung, ließ den Jubel der Freiheit sich mit der Hoffnung auf eine von Liebe und Glück erfüllte Verbindung zu einem Reigen finden.

Er eilte zu Sophie und schloss sie in seine Arme. Überall auf Gut Auental sollte Freude herrschen und keine unlautere Tat die Gegenwart belasten. Sophie und Viktor wünschte er eine unbeschwerte, gemeinsame Zukunft auf diesem Anwesen und versprach, ihnen seinen Segen zu erteilen. Dann machte er sich eilig auf den Weg zu Lisa-Marie.

***

Sophie und Viktor hatten gleich nach Weihnachten in kleinem Kreise geheiratet. Die Familie der Braut empfand diese Ehe als Verrat an den guten Sitten und ließ sich selbst durch die Tatsache, dass Hendrik von Auental und Lisa-Marie die Trauzeugen waren, keines Besseren belehren. Doch das konnte die liebevolle Harmonie in dem kleinen Haus des Gutsverwalters nicht stören. Sophie fand merklich gefallen an den Tätigkeiten einer Hausfrau und trug bald ein Kind unter dem Herzen.

Lisa-Marie und Hendrik von Auental nahmen im späten Frühjahr freudig die Einladung zur Jahresabschluss Feier ihres Gymnasiums an. Die vertrauten Gesichter und der herzliche Empfang bewegten ihre Gemüter. Mit leichter Wehmut dachten sie zurück an die ungezwungenen Zeiten zwischen lauter jungen Menschen, die noch frei in der Suche nach ihrer Zukunft Pläne schmiedeten. Bald würden auch diese erfahren, dass ihnen Pflicht und Notwendigkeiten manchen Weg versperrten.

Markus Weber hielt die Festrede, die er zusammen mit seiner Freundin Pia entworfen hatte. Die Themen waren Schein und Sein, Betrug und Selbstbetrug. So manches Mal trafen seine Blicke dabei Cora, in der ein neues Selbstbewusstsein gewachsen war, weswegen sie die Anspielungen mit Humor nahm. Andere Schüler würden die Lektion wohl erst noch lernen müssen. Der Schulleiter schritt voller Stolz und Vergnügen zwischen seinen Zöglingen umher, denn Cora hatte ihr Unrecht erkannt und ihm versichert, dass sie nie wieder ein Wort über vergangene Sünden preisgeben würde. Natürlich hatte auch Hendrik von Auental ihre ehrliche Reue und Bitte um Entschuldigung angenommen.

Noch vor der Bestellung des Aufgebots für seine Hochzeit suchte Hendrik von Auental den Pastor auf. Es war ein schwerer Gang für ihn, doch er wollte erst den Segen für seine Ehe erbitten, wenn er die Wahrheit um Luisas Tod offenbart und um Vergebung für sich und seine Familie ersucht hatte. Der Pastor nahm die Nachrichten mit Betroffenheit, aber auch mit Erleichterung auf, denn jahrelang hatte er angenommen, er hätte

Luisa mit seiner moralischen Strenge aus dem Haus getrieben. Nun gab ihm dieses Geständnis ein Teil seiner Ruhe zurück. Die Fehler der Vergangenheit, aus welchen Gründen sie auch immer begangen worden waren, sollten nun als Lehrmeister für die Zukunft ihre Aufgabe erfüllen und nicht mehr die Seele der Menschen belasten.

***

Ein strahlend blauer Himmel und sommerlich warme Temperaturen versprachen eine glanzvolle Hochzeitsfeier auf Gut Auental. Alle Menschen waren in freudiger Erregung. Die Vorbereitungen, die eine frohen Mutes wieder erstarkte Henriette von Auental an sich genommen hatte, beschäftigten alle Hände. Dem Wunsch des Brautpaares auf eine bescheidene Zeremonie im engsten Familienkreis hatte sie entrüstet widersprochen. Es wurde Zeit, dass fröhliches Leben auf den Gutshof zurückkehrte.

Am Tag vor der Hochzeit reiste Cora mit einem beinahe zwanzig Jahre älteren, etwas rundlichen Begleiter an, den sie als ihren zukünftigen Mann Claas van Beuten vorstellte. Er war eine zurückhaltende, doch in sich ruhende Persönlichkeit, die Lisa-Marie schon allein deshalb ins Herz schloss, weil er seine Liebe und Verehrung für Cora mit jedem Blick und jeder Geste offen zeigte. Zu ihrem Erstaunen baten die beiden Lisa-Marie zu einem geheimen Gespräch im Pavillon am See.

Dort erklärten die Gäste, dass sie Lisa-Marie ihr Hochzeitsgeschenk abseits des Trubels überreichen wollten und übergaben ihr eine hölzerne Schatulle. Gerührt öffnete Lisa-Marie diese und entdeckte darin zu ihrer Verwirrung den Smaragd, den ihre Mutter ihr geschenkt und den sie zur Rettung von Gut Auental verkauft hatte. Betroffen ob des Wertes dieser Gabe, schloss sie die Schatulle eilig und reichte sie zurück. Doch Claas van Beuten erklärte in bewegenden Worten, dass er durch dieses Kleinod einen weit wertvolleren Edelstein entdeckt habe und sah dabei voller Zärtlichkeit auf Cora. Als Händler von Diamanten hatte er eingesehen, dass es einige wenige Steine wie diesen Smaragd gab, die nur einer einzigen Person gehören durften. So wollte es das Schicksal.

Voller Dankbarkeit umarmte Lisa-Marie ihre Freundin und reichte dann, zitternd vor Aufregung dem Edelsteinhändler ihre Hand. Dessen ungeheuerliche Großzügigkeit konnte nur ein weiterer Ausdruck seiner Liebe zu Cora sein. Diese Erkenntnis erfüllte Lisa-Marie mit unbändiger Freude.

***

Hendrik von Auental fand seine Braut im Wohnzimmer versonnen aus dem Fenster schauend. In der ihr eigenen Bescheidenheit trug sie jenes blaue Kleid, in welchem er sie schon an ihrem ersten Schultag beobachtet hatte. Das damalige Trugbild hatte sich auf wundersame Weise zur Wirklichkeit gewandelt. In wenigen Stunden würde er diese wahrhaftige Frau, die so unbeirrbar in ihrer Achtung und Liebe den Menschen mit all ihren Schwächen begegnete, voll Verehrung und Glückseligkeit zum Traualtar führen.